D1879959

तुम निराश हो?

तुम निराश हो?

शेष नारायण शास्त्री
मोटिवेशन गुरु
अयोध्या, (उ.प्र.)

GenNext Publication

तुम निराश हो?

© शेष नारायण शास्त्री

ISBN: 978-93-8022-293-6

मूल्य : ₹ 150/-

भारत में सन् 2016 में प्रकाशित

जैनक्स पब्लिकेशन्स,

5, अन्सारी रोड,

नई दिल्ली–110002

Phone: 9212142040

ई–मेल : gennext@hotmail.com

मुद्रित : जी. प्रिंट प्रोसेस, दिल्ली

विषय-सूची

युवा, छात्र एवं मित्रों के लिए

इस पुस्तक को लिखने का मुख्य उद्देश्य देश की रीढ़ युवा छात्रों से संवाद स्थापित करना है। इस युवा से जो आज के दौर का युवा है, जो आज के आधुनिक शिक्षा का संवाहक छात्र है। आधुनिकता तथा व्यवहारिकता के साथ यदि शिक्षा का कार्य संपादित हो तो आज के दौर में सर्वव्यापी शैक्षिक क्रांति लायी जा सकती है। इसके साथ-साथ इसी आधार पर हम पूरे विश्व में शिक्षा के गुरू तथा सर्वश्रेष्ठ छात्र संसाधन के रूप में उभर सकते हैं। उस स्थिति में संसाधन और आवश्यकता हमारे आत्म-संकल्प आत्मगौरव तथा विचार शक्ति के सामने आत्मसमर्पण कर देगा। बाधायें स्वयं नष्ट हो जायेंगी। प्रत्येक युवा के पास गुण के साथ कुछ अवगुण भी होते हैं। यदि हमें आगे जीवन की तरफ बढ़ना है तो गुण का संवर्धन करना होगा तथा अवगुणों का नाश। इन अवगुणों को हम कैसे नष्ट कर सकते हैं उसके विषय में इस पुस्तक के माध्यम से छात्रों को बड़ी सरलता से बताया गया है काफी कुछ इस तरह की छात्रों के आधुनिक जीवन शैली पर भी कोई प्रभाव नहीं पड़े तथा वह अभ्यास एवं व्यवहार के द्वारा अपने अंदर आत्मविश्वास, परिश्रम, एकाग्रता, चिंतन एवं कल्पना के विकास द्वारा जीवन में उच्चतम सफलता का सोपान प्राप्त कर सकने में समर्थ बने। जिसके

आधार पर पूरे विश्व में किसी एक क्षेत्र में सीमित ना होकर कोई ऐसा क्षेत्र ना बचे जहाँ हमारे ज्ञान और कौशल के बिना कार्य हो। अर्थात हम विश्व के सर्वश्रेष्ठ छात्र संसाधन एवं दूसरे देशों के युवाओं के स्वयं श्रेष्ठ युवा मार्गदर्शक के रूप में तैयार हैं।

30–03–15 (अयोध्या) ***–शेष नारायण शास्त्री***

(मोटीवेशन गुरु)

अध्याय-1

संघर्ष क्या है?

संघर्ष शब्द एक ऐसा विषय है जिसका सामना प्रत्येक व्यक्ति को जीवन में करना पड़ता है चाहे वह कोई भी हो अथवा किसी क्षेत्र से हो। हाँ यह संभव है कि कुछ को विरासत में ही बहुत कुछ मिला हो और उसे उस क्षेत्र में कैसे काम करना है यह सीखना पड़ा होगा अत: यह भी संघर्ष का एक प्रकार ही है। संघर्ष वास्तव में दु:ख का आगमन नहीं बल्कि सफलता की चौखट है। जिसके जीवन में संघर्ष नहीं उसे अनुभव एवं सहायता के लिए विद्वानों के मार्गदर्शन की बैशाखी के सहारे चलना पड़ता है, जिस पूर्ण आत्मसमर्पण का दूरगामी दुष्परिणाम होता है व्यवस्था में जंगल लगना एवं भष्टाचार का प्रवेश। अत: मेरा तात्पर्य है संघर्ष तपा-तपा कर ऐसा सोना बना देती है जो चाहे छोटे स्तर के सोनार के पास रहे अथवा ज्वैलरी में हीरो की हार की चमक बने लेकिर इस प्रक्रिया के बाद कोई उससे छेड़छाड़ नहीं कर पायेगा क्योंकि उस पर I.S.I. का मार्का लग जाता है। ठीक उसी प्रकार लोगों के द्वारा आप पर एक मुहर लग जायेगी की यह छात्र, यह नेता या यह व्यापारी

बहुत होशियार और कुशल है जिसके बाद आप के मातहत काम करने वाले कहेंगे–जरा बच के, बॉस बहुत सख्त मिजाज के हैं। संघर्ष के बिना जीवन अधूरा है। संघर्ष में आनंद और मजा आये यह बहुत जरूरी है नहीं तो आप एक कदम आगे नहीं बढ़ा पायेंगे क्योंकि इसके अभाव में आपका उत्साह मर जायेगा। फिर मृत उत्साह कर्म रूपी संजीवनी कैसे प्रदान करेगा। जब एक मजदूर 24 घंटे के अधिकांश घंटों में धूप में मजदूरी करता है तो वह पंखे के नीचे रात में ऐसे गिरता है जैसे कोमा में जाने की तैयारी कर रहा हो। आप शायद समझ रहे हैं। संघर्ष कच्चा फल है जिसे हर हाल में पकना है। और इसका पका हुआ फल है लक्ष्य में सफलता। अब यह आप पर निर्भर है कि आप इसे कैसे और कितना जल्दी पकाना चाहते हैं। इसे प्राकृतिक गर्मी से पकाना चाहते है अथवा रासायनिक पदार्थों कार्बोरड, इत्यादि से एक तथ्य की ओर मैं आप सभी का ध्यान का आकृष्ट कराना चाहता हूँ कि वैसा संघर्ष जिसके पास कोई लक्ष्य या सिद्धांत नहीं हो। वह हमेशा असफल रहता है। हमें सिगरेट का नशा छोड़ना है इसका मतलब यह नहीं कि दिन भर के दस के बदले सुबह–शाम कम कर दिया बल्कि नशा छोड़ना है तो बिल्कुल छोड़ दिया। ठीक इसी तरह का संकल्प, सिद्धांत और दृष्टि होना चाहिए, तब जाकर आप यह कह सकते हैं कि मेरा यह लक्ष्य है और मुझे संघर्ष करना है तब आप निश्चित सफल रहेंगे। संघर्ष के विषय में एक और महत्वपूर्ण बात यह है कि जिस बिंदु को अपना हमने लक्ष्य निर्धारित किया है, क्या वह हमारे बुद्धि कौशल और मानसिक तथा शारीरिक प्रतिभा के अनुकूल है। सौ में 95 यहीं स्लिप करके फिसल जाते हैं और गलत मार्ग का चयन कर लेते हैं। जिसका परिणाम भटकावपूर्ण प्राप्ति है, हम भटक जाते हैं। तथा यही कारण है कि सभी के सभी बड़े पद या बड़े रेस के घोड़े नहीं बन पाते। इसका मतलब यह कदापि नहीं

है कि सभी 100 में 95 बेकार हो इसलिए वे केवल रोटी-कपड़ा-मकान में उलझ गए बाकि जो 5 सही हो वे I.A.S., डॉक्टर और अभियन्ता बन गये। नहीं ऐसा बिल्कुल नहीं है बस बात है-(Know Yourself) स्वयं को सही समय पर पहचानने की। मैं क्या हूँ और क्या कर सकता हूँ? जो इसको समझ गया मानो उसकी बात बन गई और जो इस चीज को समझा नही आज गाँधी, पटेल, टैगोर, कालिदास और अनंत इतिहास एवं अमृत कृति के रुप में हमारे सामने है। हम सभी में कुछ ना कुछ वह अलग चीज है। कभी चित्र के रूप में कभी लेखन के रूप में, कभी वक्ता के रूप में, कभी खिलाड़ी के रूप में, कभी नेता के रूप में, कभी पत्रकार, आध्यात्मिक पुरुष दार्शनिक, चिंतन डॉक्टर इंजीनियर, वैज्ञानिक, अधिकार। तो कभी व्यापारी के रूप में। बस उसको पकड़ लेना है कि इसी में मैं सबसे अच्छा प्रदर्शन कर सकता हूँ और काम में लग जाना है। इतिहास और भविष्य के किताबों के पास पन्ना अथवा पृष्ठों का अभाव नहीं की ऐसे लोगों के नाम महानों के श्रेणी में ना शामिल हो।

वास्तव में कमी हमारे अंदर और हमारे वर्तमान में होती है कि हमें महान नहीं बन पाते तथा इतिहास की गौरवमयी गाथा एवं भविष्य के नायक के पद से वंचित रह जाते हैं। अक्सर लोग संघर्षकाल में डगमगाया करते है। यह अच्छे-अच्छे लोगों के साथ होता है। ऐसी स्थिति में व्यक्ति निराश होने लगता है। कई बात सोचने लगता है। यह भी सोचने लगता है कहीं मैं गलत दिशा में तो नहीं जा रहा? मित्रों मैं एक बात स्पष्ट बता देना चाहता हूँ क्योंकि मार्गदर्शन मेरा कार्य भी है और पेशा भी वह बात यह है कि संघर्षकाल में केवल और केवल वही दिक्कत है जिनके पास आत्मविश्वास होता बाकि सब फेल हो जाते हैं। अब बात एक कदम और आगे बढ़ाते हैं आत्मविश्वास भी सभी के पास नहीं होगा, यह उसी के

पास होगा जिसके पास अपने लक्ष्य प्राप्ति के लिए पूर्ण योग्यता, सामर्थ्य एवं कुशलता होगी। उसका आत्मविश्वास यदि डिगता भी है तो वह उसे तुरंत संभाल लेगा क्योंकि वह स्वयं को जान गया है। ऐसे लोग संघर्षकाल में संकट का सामना होने पर दस गुनी रफ्तार और बढ़ा देते हैं क्योंकि इनके पास मध्यमार्ग नाम का कोई समझौतापरस्त रास्ता नहीं होता। इनके शब्दकोश में केवल जय और पराजय बस दो ही परिणाम होते हैं। अतः यह संघर्ष रूपी युद्ध भूमि में विधा और प्रतिभा रूपी तलवार से विजयी रूपी लक्ष्य को प्राप्त करने के लिए डटे रहते हैं। संघर्ष में टिकने के लिए कोई टॉनिक नहीं बल्कि एक सूत्र है वह है आत्मविश्वास को बनाये रखना। अब समस्या यह आती है कि यदि आत्मविश्वास कमजोर हो तब क्या फार्मूला है? मित्रों तब इसका कोई फार्मूला नहीं बल्कि एक उपाय है परिश्रमा परिश्रम किसकी की जाये? उसकी जो आपका लक्ष्य और उसमें क्या प्रतिभा हो उस पर लगातार काम करे। अपने क्षेत्र विशेष को ध्यान में रखकर हमेशा उसका अभ्यास करें। उसे अधिक से अधिक चमकीला बनाये और चमकाये। उसके बाद उस कार्य को आप बड़ी आसानी और तीव्रता से करने लगेंगे।

ठीक उसी तरह जिस तरह प्रारंभ में गली-मौहल्ले में साईकल चलाते-चलाते हम इतने आत्मविश्वास से भर जाते हैं कि वही साईकल ले हम सड़कों पर दायें-बायें देखते कभी हाथ हैंडिल और ब्रेक से छोड़कर बिना किसी भय के गाड़ियों के बीच फर्राटे भरने लगते हैं। यह परिणाम है केवल और केवल अभ्यास तथा परिश्रम का। अतः संघर्ष की मूल कड़ी आत्मविश्वास को पाने का यही महामंत्र है निरंतरता साहब बहुत वक्त नहीं लगता इसे ठीक करने में बस समस्या है कि हम सुबह-शाम दवा नहीं लेते। 4 दिन, 5 दिन बीच करके दवा लेंगे तो क्या फायदा होगा? एक तरफ रोग ठीक होगा दूसरे दिन फिर रोग का स्वागत आपको करना पड़ेगा। आत्मविश्वास

के बिना संघर्ष संभव नहीं। हमारा संघर्ष मित्र ऐसा होना चाहिए कि हमें प्रत्येक कदम बढ़ाने पर प्रसन्नता और आनंद की अनुभूति हो की हमारा यह प्रयास नहीं बल्कि वास्तव में सफलता की ओर एक कदम है। मान-अपमान यदि संघर्ष में प्राप्त हो तो उसे बोनस वेतन की तरह मुस्कान के साथ स्वीकार करें क्योंकि अपमान हमारा मित्र है जो जीवन के कई रहस्यों से हमें रूबरू करता है तथा जीवन में चलने-उठने और काम करने का तरीका बताता है, सिखाता है जो शिखर पुरुष बनने के लिए आवश्यक है। अतः यह संघर्ष शब्द यू ही। अनायास पैदा नहीं हुआ बल्कि यह परमात्मा का अमृत फल है यह जिसने पचा लिया वह इतिहास, वर्तमान और भविष्य के लिए अमर हो जाता है। यह परमात्मा के द्वारा हमारे माध्यम से इस पृथ्वी रूपी थियेटर में संघर्ष स्वरूप रिहर्सल कराया जाता है ताकि जब जीवन के असली फिल्म में काम करने का मौका आये तो हमें रिटेक नहीं करना पड़े क्योंकि कल हम ही I.P.S. और नेता होंगे और हमारी एक गोली तथा एक भाषण से सैकड़ों का जीवन बस भी जायेगा और उजड़ भी जायेगा। अतः गलती नहीं होनी चाहिए। इस रिहर्सल के लिए परमात्मा को धन्यवाद।

- जो व्यक्ति केवल संघर्ष में रत हो लेकिन उसके पास सपने ना हो तो उसे बड़ी सफलता के बारे में नहीं सोचना चाहिए।
- जो व्यक्ति केवल सपनों की दुनिया में रहता हो लेकिन जीवन में संघर्ष का अभाव हो तो उसे बड़ी आपदा तथा दुःखद स्थिति के लिए तैयार रहना चाहिए।
- जीवन में सपना देखना और संघर्ष करना दोनों एक-साथ आवश्यक है। यदि तुम ऐसा कर रहे हो तो तुम बिल्कुल सफल रहोगे।

– शेष नारायण शास्त्री

अध्याय-2

आप निराश और दुःखी क्यों हो?

वास्तव में यदि सहीं ढंग से खोजबीन एवं जांच की जाये तो हम सभी पायेंगे की कोई सुखी नहीं है अर्थात सभी दुःखी हैं। चाहे वह बहुत धनवान हो अथवा बहुत निर्धन। सभी इस समस्या से ग्रसित एवं आतंकित हैं। खासकर आज कल का युवा ज्यादा तकलीफ में है यह दीगर बात है कि वह बिंदास और मौज-मस्ती में दिखता है तो आपको लगता है कि उसी का जीवन आनंद में हैं जबकि सच्चाई यह है कि वह आपसे ज्यादा निराश है। इसका प्रमाण आप मुझसे मांगे उससे पूर्व ही मैं उदाहरण बता दे रहा हूँ। नशे के चुंगल के तले बड़े पैमाने में युवाओं का शिकार होना तथा इस प्रकार की पलायनवादी मानसिकता जिसमें सत्य को विनम्रता से स्वीकार करने की अपेक्षा गलत को ही परंपरा और संस्कृति बनाने में लगा हो, इसका ताजा उदाहरण है। मोटे तौर पर सुख दुःख एक मानसिक अवस्था है जिसमें परिस्थिति से अधिक व्यक्ति को उस समय कैसा व्यवहार स्वयं के साथ करना चाहिए अथवा व्यक्ति करे इसी के फल स्वरूप सुख और दुःख की अनुभूति होती है। व्यक्ति का अंदर से मजबूत एवं धैर्यवान होना भी दुःख से

दूर तथा सुख के पास ले जाता है। हमने कई परिस्थितियों में देखा है कि हमारे ही बीच के लोगों के साथ जब आपदा-विपदा आती है तो वे चट्‌टान की तरह अचल और स्थिर होकर उसका सामना करते हैं जबकि हम बिखर जाते हैं। हमारे और उनके बीच बस थोड़ा फर्क है कि उन्हें जो बात बचपन से अभी तक पढ़ाई गई उसको उन्होंने याद रखा और उन बातों का उपयोग कर रहे हैं अतः उनमें इतना साहस विकसित हो गया कि वह संकट से लड़ रहे हैं जबकि हमें वह सब बातें केवल किताबी ज्ञान की तरह याद रही लेकिन हमने उन बातों का उपयोग नहीं किया अतः हम मैदान छोड़कर भाग शराब, सिगरेट और ड्रग्स में शांति और आनंद की तलाश करने लगे इस प्रकार हम पलायनवादी भगोड़े बन गये।

अब मैं उस बात पर आता हूँ जो दुःखों से लड़ने की उस व्यक्ति को ताकत दी जो हमारे ही बीच का था वह तरीका था की जो बुड़ी घटना हुई। इसके बाद भी बुड़ी घटना होगी। उस व्यक्ति ने ऐसा सोचा कि एक बुड़ी घटना तो घटित हो गयी आगे फिर घटना हो इसकी गारंटी नहीं लेकिन यदि हमने यहां धैर्य और साहस खो दिया तो परिवार, घर बिखड़ जायेगा और आगे भी बुड़ा होने का गारंटी प्राप्त हो जायेगा। जब वह व्यक्ति ऐसा चिंतन करता है तो उसके पास दूसरा कोई विकल्प नहीं होता। सिवाय आँसू पीने के क्योंकि वह जानता है कि कमान से निकला तीर, गया हुआ समय तथा दुःख के टूटे हुए पहाड़ को फिर से पहले की स्थिति में नहीं लाया जा सकता। अतः वह संभल जाता है तथा आगे के आने वाले सुखों का भोग करता है क्योंकि दुःख-सुख एक प्रक्रिया है जिसके जाने के बाद दूसरे का आगमन होना ही होना है। हाँ एक बात जरूर सत्य है कि हमारा साहस धैर्य और बुद्धि हमें दुःख में भी सुख की अनुभूति करा सकता है जबकि इसके अभाव में जैसे सब तड़पते हैं वैसे हम भी हो जायेंगे। स्वाभाविक ही एक

उदाहरण लेते है एक गरीब के लिए कोई ए.सी. कमरा मिल जाये तो बहुत बड़ा सुख है जबकि अमीरों को अब ए.सी. में भी दु:ख ही महसूस होता है और नींद की गोलियों के सहारे रात गुजारनी पड़ती है। अब आगे देखें वह गरीब मजदूर जब 10 घंटे मजदूरी करके आयेगा तो उसे ए.सी. छोड़ो, पंखे की भी जरूरत नहीं पड़ेगी और वह सो जायेगा जबकि धनी लोगों के पास बाथरूम से लेकर बेडरूम तक तथा ऑफिस से लेकर गाड़ी तक ए.सी. है परंतु नींद गायब है। अब आप बतायें सुख किसे कहते हैं और दु:ख किसे कहते हैं? इसके बाद बतावें सुखी कौन मजदूर की सेठ?

आप समझ रहे हैं मैं क्या कहना चाहता हूँ। दु:ख और सुख सीधे हमारे मानसिक क्रियाकलाप से संबंधित है तथा इनकी अनुभूति अथवा पीड़ा हमारी आवश्यकता से। इसे नहीं भूलना चाहिए। इस मजदूर की आवश्यकता केवल आराम करना है क्योंकि वह थका है अत: आराम उसके लिए सुख है। जबकि साहब लोगों के पास ए.सी. तो है लेकिन सुख नहीं क्योंकि नींद गायब है अत: उन्हें दौड़ लगानी पड़ती है, व्यायाम करना पड़ता है, तब उन्हें नींद आती है। अब जब उनकी आवश्यकता नींद के रूप में पूरी हो जाती है तो वे भी सुखी हो जाते हैं। अत: सुख-दु:ख को इस नजरिए से देखने की जरूरत है। अब सुख-दुख को और थोड़ा गहराई से अनुसंधान करते हैं। सभी दु:खी हैं इसमें संशय नहीं। अधिकतर लोगों की स्वाभाविक एवं मोहक मुस्कान की जगह ''प्लास्टिक स्माइलिंग'' ने ले ली है। आखिर सभी के सभी क्यों दु:खी है इसका प्रत्यक्ष या प्रामाणिक कारण जौ मुझे समझ में आ रही है वह है कि अधिक लोभ एवं प्रतिभा से अधिक की आशा सभी व्यक्तियों में पहले से कमाने वाले लोग भी है लेकिन उन्हें संतोष नहीं है क्योंकि उन्हें अधिक से अधिक चाहिए लेकिन क्या जितना जल्दी अधिक से अधिक उन्हें चाहिए उसी अनुपात में अधिक से अधिक

उन्होंने स्वयं के प्रतिभा एवं कार्यकुशलता को श्रेष्ठ बनाया है? नहीं बनाया। फिर तो यह मांग करना आवश्यकता से अधिक की मांग एवं आशा करना है और इस प्रकार कोई दूसरा नहीं बल्कि आप स्वयं अपने दु:ख के कारण है। जिसे मेघा नहीं अथवा कोई नौकरी नहीं उसका तो दु:खी होना समझ में आता है लेकिन जिसे प्रतिभा एवं आवश्यकता से अधिक परमात्मा ने प्रदान किया है वह क्यों दु:खी है? यह तो नाजायज दु:ख है इसका एक मात्र कारण तो लोभवृत्ति और आवश्यकता से अधिक की आशा है। मजबूत और संतोषी व्यक्ति कम पैसे में भी आनंद में है।

ठीक इसके विपरीत देखा जाये तो सेठ लोग 4 घंटे भी ठीक से नहीं सो पा रहे। मित्र सब कुछ धन नहीं होता। ऐसा जीवन किस काम का जिसमें केवल पैसे कमाने की व्यस्तता हो और आनंद के लिए कोई स्थान नहीं हो। जीवीकोपार्जन अथवा धन कमाने में लगने वाले समय की भी सीमा है। ठीक उसी तरह जिस तरह जीवन में स्नान, ध्यान, शयन ओर भोजन के कायदे-कानून हैं। जीवन में यदि हमारे पास सारी वस्तुयें सोने की हो जायें यहां तक की रोटी, चावल और दाल भी तो क्या ऐसा धन हमें सुख देखा की दु:ख? हमने अपनी बात दु:ख शब्द से शुरू की थी जीवन में दु:ख इसलिए है क्योंकि हम लोभी हो गए है। हमारे जीवन में जिस दिन, जिस क्षण आनंद मनोरंजन, आध्यात्म तथा दूसरों के परोपकार के लिए समय का प्रवेश हो जायेगा उसी क्षण हमारा जीवन में आना सार्थक हो जायेगा। जीवन में व्यक्ति बिना ढके नंगे आता है। तथा फिर बाँस की खटोले पर लेटकर राख बन जाता है। यह जीवन दूसरों की आवश्यकता की पूर्ति के लिए अधिक है जबकि स्वयं के लिए कम इस बात की हम हमेशा ध्यान रखें तो जीवन में क्रांतिकारी परिवर्तन आ सकता है। क्रांति लाने के लिए विचार-प्रवाह के प्रचार के पूर्व नेतृत्व का आचरण एवं व्यक्तित्व के प्रचार की

आवश्यकता सबसे जरूरी है। मेरे युवा मित्रों मेरा आपसे विनम्र अनुरोध है कि केवल पैसे की अंधी दौड़ में जीवन के अन्य आनंद को मत रौंदे। जीवन में कृप्या परोपकार, स्वाध्याय, आध्यात्म एवं मनोरंजन के लिए भी समय निर्धारित करें क्योंकि एक भी चीज की कमी आपके जीवन को असंतुलित कर देगी। कृप्या इसे समझें।

- जीवन में कुछ क्षण मौन अथवा शांत रहना चाहिए यह आत्मविश्वास एवं नई उर्जा प्रदान करता है।
- दिनचर्या में थोड़ा समय जरूरत मंदों की सहायता एवं पीड़ा बांटने के लिए निकालें इससे आनंद एवं आत्म तृप्त होगी क्योंकि आत्मा का भोजन भी आवश्यक है।
- क्रोध का उर्जा में परावर्तन कूड़े से प्लास्टिक जैसी उपयोगी वस्तु बनाने जैसा है। कृप्या इसको सीखें और दूसरों को भी सिखायें।

–शेष नारायण शास्त्री

अध्याय-3

क्या आप सफल हो?

सफलता क्या है इस शब्द पर बहुत लोगों ने कार्य किए हैं। बहुत लोगों ने बड़े-बड़े व्याख्यान दिये हैं लेकिन मुझे इतनी भर से संतुष्टि नहीं मिली और मुझे लगा हमारे युवा मित्रों को इससे आगे के भी चिंतन एवं परिभाषा से रूबरू कराया जाये। सफलता शब्द को छोटी परिमिति में बांधना उचित नहीं बल्कि यह बहुत व्यापक विचार और दृष्टिकोण है जिसे सफल होने से पूर्व ही समझ लेना चाहिए सफलता के बाद नहीं। जिसका परिणाम यह होगा की आने वाले जीवन में हम सफलता शब्द के प्रति भ्रमित नहीं रहेंगे एवं अपने कार्य को अच्छे ढंग से कर पायेंगे। सबसे पहले हम यह समझें की सफलता के बारे में आम धारणा क्या है? अममन किसी परीक्षा की उत्तीर्णता अथवा कोई पद प्राप्ति को हमें सफलता मान लेते हैं। वास्तव में ऐसा नहीं है। परीक्षा में पास होना या किसी पद को प्राप्त कर लेना वास्तव में एक पड़ाव है या इसे मकान के छत पर पहुंचने के लिए बनी सीढ़ियों में पहली सीढ़ी मान लें जिस पर आप अभी-अभी चढ़े हैं। ध्यान रखें आप ने सीढ़ी को प्राप्त किया है वह भी यह आपके लिए यह पहली सीढ़ी है जिस पर आप चढ़ तो जरूर गये हैं लेकिन इस पर आप कितनी देर टिकते हैं यह देखना जरूरी है और सफलता के लिए यही शब्द

टिकना महत्त्वपूर्ण है। जो टिक गया वही सफल है जो नहीं टिका वह असफल है। 100 में 99 नहीं टिकते, गिर जाते है। टिकना किसे कहते है क्या डॉक्टर, इंजीनियर, वैज्ञानिक या अधिकारी बनाना, सफल या टिकना है? किसी परीक्षा को पास कर लेना यही सफलता का मापदंड होता तो राजनीतिज्ञ या वैज्ञानिक तो हजारों हैं दुनिया में लेकिन कुछेक गिने चुने लोगों के नाम के आगे ही सफल नेता, सफल वैज्ञानिक, सफल दार्शनिक इत्यादि शब्द क्यों लगते हैं? क्या आपने कभी इस बारे में चिंतन किया है यदि आप ने चिंतन किया होता तो आत्मा आपको निश्चित उत्तर देती फिर मुझ जैसे लोगों को यह बताने के लिए कलम नहीं उठानी पड़ती। अच्छा किया कुछ काम आपने मेरे लिए छोड़ दिया। इसके लिए बहुत-बहुत धन्यवाद।

मैं अब इसकी विस्तृत व्याख्या कर रहा हूँ। जिसमें मुझे आपका सहयोग भविष्य के लिए चाहिए की इस तथ्य को समझने के बाद आप भविष्य में अथवा आने-वाले समय में सफलता का वही मापदंड पूरा करे और वैसा ही आचरण करें की आप को स्वयं अपने नाम के आगे उपमा इत्यादि नहीं जोड़ना पड़े बल्कि समाज आपको उपमा प्रदान करें की आप सफल हैं और आपने अपने क्षेत्र में सफलता पूर्वक अपने दायित्व एवं कर्तव्य का निर्वघ्न किया। तब जानों की हमने कुछ किया और इस तरह मेरा भी आपको कुछ कहा सफल हो जायेगा तथा इस सफलता की परिभाषा समझते-समझते शायद सफल शब्द रूपी वैतरिणी मेरे कार्यक्षेत्र के साथ भी जुड़ जाये। देखें पद को प्राप्त कर लेने के बाद वास्तविक सफलता, ईमानदारी सादा जीवन, दिल में जरूरतमंदों के लिए वेदना, संवेदनशीलता समाज-राष्ट्र का हितचिंतन एवं स्वयं को पहले इंसान फिर बाद में मंत्री, आई.ए.एस., डॉक्टर, वैज्ञानिक इत्यादि मानना यह है टिकना। टिकना शब्द का अर्थ वास्तव में यह है यदि उपर्युक्त पदों के प्राप्ति

के बाद भी हममें अहंकारी ठसक और पतनकारी परिवर्तन नहीं आया तभी हम वास्तव में सफल है और बिना संदेह के। यदि ऊपर के दुर्गुण आ गये तो समझो आप सीढ़ी पर चढे तो जरूर लेकिन आपकी सारी विद्वता पानी भरने चली गई और आप धराम से गिर गये। सेकेन्ड भी नहीं लगा अभी चढ़े और ये देखो गिर गये। इस प्रकार हमारे जैसे 100 में 99 नहीं टिक पाते और पद और प्रतिष्ठा उनमें एक अजीब ठसक दिखावटी रौब, प्लास्टिक मुस्कान पैसे के प्रतिध्वंस एवं स्वयं गरीबी की कोख से पैदा होने पर भी गरीबों का शत्रु एवं शोषण का पुजारी बनना यह दर्शाता है कि आप संसार के नहीं अपितु ब्रह्मंश्रड के सब से असफल लोगों की सूची में भी शीर्ष स्थान पर विराजमान हैं और इस प्रकार एक गरीबी किसान का पेट काटकर अपने बेटे को अफसर बनाना तो पूरा हो गया लेकिन वही फिर किसानों, वंचितों और गरीबों के भस्मासुरों की फौज में शामिल हो जायेगा, ऐसा इस किसान बाप ने कभी नहीं सोचा था। हाँ सुना जरूर था लेकिन अपवाद का शिकार वहीं बनेगा, इसकी संभावना उसे कम से कम नहीं थी। बात यहाँ तक पहुँचेगी की वह पुत्र अपने बाप-माँ को देखने गाँव तक आने और उनके पैर छूने तक हिचकने लगेगा, यह दंश उस बाप को शूल की तरह चुभ जाती है और यही शूल लेकर वह तड़प-तड़प कर मर जाता है। आये दिन हमें इसकी सुर्खियाँ अखबार में पढ़ते हैं अफसर का बाप, नेता की मां, वैज्ञानिक का भाई, सभी ने इलाज के अभाव में दम तोड़ दिया। उसके बाद फ्लाईट से बेटा पहुंचता है 2 घंटे रूकता है आग देता है और फिर उड़ जाता है। बड़ी शर्म आती है इतना कुछ होने के बाद भी हम स्वयं को समाज में अग्रणी और सफल मानते हैं? हम शर्म के मारे मर क्यों नहीं जाते की हमारा जीवन असफल है? क्या ए.सी. गाड़ी में बंद होकर चलना सफलता है? क्या माथे पर लाल-पीली बत्ती लगा कर चलना सफलता

है? क्या कोठी-बंगला-नौकर चाकर मिलना तथा पानी-बिजली का बिल भी खा जाना सफलता है? नहीं प्रिय मित्रों यह सफलता नहीं बल्कि ये सारी चीजें जीवन की आवश्यकता है जिसे सबसे पहले योग्यता और प्रतिभा से प्राप्त करना हमारा कर्तव्य है क्योंकि बिना इसे प्राप्त किये हम सफल होने का प्रमाण नहीं दे सकते। अतः इसके लिए जीवन में पहले कुछ ना कुछ प्राप्त करना पहली जरूरत है नहीं तो फिर हम किस छत की सीढ़ी पर खड़े होकर अपने चरित्र एवं व्यक्तित्व द्वारा सफलता शब्द की परिभाषा सिद्ध कर पायेंगे? हम कह पायेंगे की मैं अब भी ईमानदार, दिल से गरीब और संवेदनशील हूँ अतः देखों में टिक गया। मैं नही बदला अतः सफल हूं। व्यक्ति छात्र जीवन में जब तैयारी करता है वह एक ही रूम में 2-3 पार्टनरों के साथ रहता है लेकिन उसे उस छोटे से कमरे में कोई दिक्कत नहीं होती, बड़े मजे से सभी अपने-अपने लक्ष्य प्राप्ति में लगे रहते है। वहाँ कोई गीता-बाईबल-कुरान नहीं होता जिस पर रोज कसम खा कर वे सभी ट्यूशन को निकलें। यह सोच कर की मेरे पिता गरीब हैं, उन्हें धोखा नहीं देना है; उनके भेजे हुए पैसे से फिल्म नहीं देखना बल्कि जल्दी से जल्दी कोई नौकरी ढूंढ़ लेना है। परंतु आखिर ऐसा क्या हो जाता है कि जिस समय कुछ नहीं होता उस समय आत्मा को गवाह और इसी को गीता, कुरान और बाईबल बना कर तैयारी करते हैं बस कभी-कभार गरीब बाप का टेलीफोन आ जाता है बेटा तुझी पर हम सभी जिन्दा है हम कहते हैं मैं एक दिन बड़ा आदमी बन के दिखाऊँगा। इसके बाद क्या होता है, एक सफलता रौब, कड़क और क्रूर के रूप में आपका परिवर्तन कर देती है? कृपया ना बदलें। मेरे युवा मित्रों मेरा यह आपसे नम्र निवेदन है। मुझे आपका देश और समाज के लिए सहयोग चाहिए। यदि आप नहीं बदले वैसे ही रह गये जैसे कभी रूम पार्टनर के साथ सुख-दुःख में संवदेनशील

थे। आपकी आत्मा वही गीता, कुरान, बाईबल, बनी रही तो जरा कार्यालय से लौटने के बाद गाड़ी और कोठी के बंद डिब्बे से निकलकर अकेले कहीं एकांत में खुद से पूछना क्या मैं सफल हूँ? अंदर से आवाज आयेगी हां, आज तुम सफल हों। तुम्हें एक असीम आनंद और अनंत सुख की अनुभूति होगी जिसे दुनिया के किसी कागज के नोटों से नहीं खरीदा जा सकता।

इस प्रकार पुरानी दिनों को याद करते हुए तुम्हारी आंख डबडबा जायेगी। तुम बरस पड़ोगे। मित्र आज तुम सफल हो गये।

* जीवन का उच्चतम लक्ष्य संतोष की प्राप्ति है। इसके अभाव में सारे सुख दु:ख के समान हो जाते हैं जबकि इसकी प्राप्ति न्यूनता में भी पूर्णता की अनुभूति कराता है।
* दया, करूणा, प्रेम सफल जीवन के तीन आधार हैं। यदि आपके व्यस्त दिनचर्या में इन तीनों के लिए भी वक्त है तभी आप सफल माने जायेंगे।
* जल के प्यासे की प्यास मिट जाती है लेकिन धन और वैभव की प्यास जीवन भर हमें प्यासा रखती है। यदि हमें इससे तृप्त होना है तो इसकी पहल हमें स्वयं करना पड़ेगा। भोग या वैभव सामग्री इसकी पहल नहीं करेगी क्योंकि आप उसके ग्राहक हैं। कोई अपना ग्राहक छोड़ना चाहता है क्या?

– शेषनारायण शास्त्री

अध्याय-4

जलन की दवा

आज समाज में जितने उत्साह और ताजगी से हम मित्रता अथवा संबंध स्थापित करते हैं उतनी चौगुनी सर्तकता एवं संवेदनशीलता के साथ हमें उन संबंधों एवं संपर्कों की रक्षा करनी चाहिए। आज इसकी समाज में व्यापक आवश्यकता है। समाज सहयोग से चलता है और सहयोग मित्रता अथवा संपर्क से प्राप्त होता है। अत: मित्रता और जन-संपर्क ही संसार की श्रेष्ठ संपत्ति है। अत: इसके रक्षण एवं संवर्धन के लिए दौतरफा संवेदनशीलता परम आवश्यक है। अमूमन सभी धर्मों के पवित्र मार्गदशर्क ग्रंथों ने मित्रता तथा मित्रों की महिमा गाई है। सच्चा मित्र खजाने की तरह है जो खोने के बाद एक बार में ही नष्ट हो जाता है। जबकि दुनिया में दूसरा खजाना हम खरीदने समर्थ नहीं क्योंकि हमें तो एक गहन खरीदने में जमीन गिरवी रखनी पड़ती है फिर खजाना का स्वप्न तो इंद्र की गद्दी पाने के समान कठिन है। यदि दुनिया के सारे गहने हमसे छिन जायें तो घबरायें नहीं क्योंकि मित्रता रूपी खजाना हमारे पास है और खजाने से जो चाहिए वह हमें मिल जाता है। यह है मित्रता की ताकत आज कल काफी देखा जा रहा है कि फेसबुक पर किसी के 100 से कम मित्र नहीं। वास्तव में ये आपके फॉलोअर हो सकतें है खजाना तो गिना-चुना और मुट्ठी भर की संख्या में

ही हो सकता है। क्या हीरे की खान एक सौ की संख्या में सबको प्राप्त हो जाये, क्या यह संभव है? नहीं। अतः मित्रता और संपर्क अलग-अलग विषय हैं। अक्सर हम इसी में धोखा खाते हैं जिसका परिणाम चिंता, भय डिप्रेशन और शत्रुता के रूप में सामने आता है। अतः युवाओं से प्रार्थना है कि सच्चे-मित्र की तलाश करें। गड़बड़ी क्या हो रही है कि हम सामान्य संपर्क को गाढ़ मित्रता मान लेते हैं इस प्रकार दूध बह जाता है पानी हमें मिल जाता है जो चूंकि कई लोगों के पास से चल कर आया होता है अतः वह हमें भी संक्रमित कर देता है। जिसका परिणाम रोज ब्रेक-अप फिर हरेक दूसरे दिन टेस्ट बदलने की प्रवृत्ति इसका ताजा उदाहरण है। दूसरा पहल जो काफी महत्वपूर्ण है उस पर हम सभी को ध्यान देने की विशेष आवश्यकता है वह है मित्रों की संख्या कितनी हो? क्या इसकी कोई सीमा होनी चाहिए? व्यावाहारिक दृष्टिकोण से हमारे अपने भाई-बहनों की भी एक सीमा है। आजकल परिवार नियोजन में हम दो हमारे दो जैसे जुमले भी इस्तेमाल किए जा रहे हैं। अतः यह हमें देखना है कि पारिवार, समाज में भी आज के आधुनिक समय में एक ग्लोबल सीमा है अतः मित्रता के मामले में भी हमें इसका पालन करना चाहिए क्योंकि सबकी एक सीमा है। यदि हम ऐसा नहीं कर रहे तो परिणाम हमारे सामने डिप्रेशन और निराश के रूप में प्रत्यक्ष है क्योंकि अधिकता चाहे वह किसी चीज की हो वह दुःख के कारण बनते हैं। अतः हम आधुनिक एवं आनंद में जीयें लेकिन यह भी आवश्यक है कि हम कोई गलती ना करें। मित्रता शुद्ध होनी चाहिए। उसमें बिना स्वार्थ, बिना प्राप्ति की आशा, भूल जाने की प्रवृत्ति अर्थात् नेकी कर दरिया में डाल जैसी फक्कड़ता होनी चाहिए। ऐसा गुण यदि किसी में है तो वह आपके दिल रूपी ज्वैलरी में खजाना बनने के योग्य है। अब तक तो हम सभी मित्रता और संपर्क के विषय में गहन चिंतन-मनन कर रहे हो अब एक

बहुत बड़े दुर्गुण के विषय में हम बात करेंगे जो पुरानी से पुरानी मित्रता को भी खा जाती है। वह है ईर्ष्या अर्थात जलन। यह एक स्वाभाविक वृत्ति है जो स्वभाव से हरेक व्यक्ति के अंदर विद्यमान रहता है ठीक उसी प्रकार जिस प्रकार हमारे अंदर क्रोध, अहंकार और वासना रूपी राक्षस छिपे रहते हैं जैसे ही हमारे साथ राक्षसी वृत्ति और स्वभाव वालों से संपर्क होता है यह दैत्य और विनाश का कारण बनता है अत: हर हालत में स्वस्थ्य एवं स्वच्छ वातावरण का संपर्क हमारे साथ होना चाहिए। अब देखें जलन एक ऐसा रोग है जिसका इलाज दुनिया के किसी डॉक्टर के पास नहीं है लेकिन थोड़ा अभ्यास करें तो इससे बचने का एक उपाय अवश्य है वह है एक-दूसरे को विपत्ति के दिनों में किए गए उपकार एवं सहयोग को याद करना एवं जब-जब जलन हो मित्र से तब-तब उस मित्र के किये गये अतीत क़े मदद को याद कीजिए। जिस रफ्तार से उस मित्र के खिलाफ जलन ने आपके मन में बुड़ाई और भर दी थी उसी 10 गुनी ताकत से वह लौट जाएगी। गारंटी है। क्या कभी सूर्य के प्रकाश के सामने अंधेरा टिका है। दीपक की एक लौ अंधकार की गहनतम तमस को नष्ट कर देती है। आपने कभी उस जमाने की याद की है जब कभी आप दो मित्र हुआ करते थे। संजोग से उसमें आप गरीब और दूसरा मित्र अमीर था परंतु मित्रता सच्ची एवं गंगाजल जैसी पवित्र थी। यह तो जलन ऐसी वृत्ति है जो हमेशा विध्वंस के लिए अचानक और बिना कारण के कहीं प्रकट हो जाती है। आपने देखा है कि नहीं मुझे नहीं मालूम दो विद्वान आपस में बैठा दिये जाये तो दोनों आपस में लड़ाई कर लेंगे। जबकि आश्चर्य का विषय यह होता है कि पूर्व से ना कोई शत्रुता है ना ही परिचय। इसका एक मात्र कारण है जलन या कहें ईर्ष्या अब मैं उन दोनों मित्रों की बात में आगे बढ़ता हूँ आप गरीब थे उस समय कॉलेज फी और ट्यूशन फी के लिए

आपके पास पैसे नहीं थे लेकिन उस अमीर मित्र ने अपने दायित्व का निर्वहन करते हुए कॉलेज फी और ट्यूशन फी तब तक दिया जब तक की आपने B.A. पास नहीं किया। इसके साथ-साथ आपके पास कॉलेज और ट्यूशन पहुंचने तक के लिए पैसे या किराये नहीं होते थे वह अपने साथ अपनी गाड़ी से रोज आपको कॉलेज और ट्यूशन तक ना केवल छोड़ता बल्कि वापस भी साथ में होता जबकि उस अमीर मित्र के अमीर बाप को यह खबर थी तथा उसकी पाबंदी थी फिर भी वर्षों उसने आपकी आर्थिक और सामाजिक मदद की। अब संजोग देखों की वह मान लो मंत्री बन गया और आप कार्यकर्ता ही बन पाये तो उसमें उसका क्या कसूर? थोड़ा तो तकदीर को भी अधिकार है जबकि आप उसी पार्टी में बने हैं और उसकी की अब आप बुड़ाई और खेल बिगाड़ने में लगे रहते है जबकि वह आपका कुछ नहीं बिगाड़ता। उसे सब कुछ मालूम रहता है लेकिन वह अभी भी आपका सहयोग ही करता है आपने कभी यह नहीं सोचा की यदि मित्र का सहयोग नहीं रहता तो शायद आप चपरासी भी नहीं बन पाता। जब आपको ऐसी जलन हो तुरंत पुराने दिनों के सहयोग मित्र के स्वभाव, गुण और आत्मीयता को याद करें। जलन समाप्त हो जायेगा और शांति महसूस होगी। यही एकमात्र सूत्र और फार्मूला है जिसके माध्यम से जलन को आप जीत सकते हो उसके बाद उतरोत्तर आपका विकास ही होगा।

- कभी भी जलन को स्वभाव नहीं बनने देना चाहिए। क्योंकि मृत्यु के बाद यही जलन रूपी स्वभाव हमारे साथ जायेगा। अतः इस पाप से थोड़ा पुण्य अच्छा।

- जलन चिंतन में आये तो दूसरे जगह व्यस्त हो जाये क्योंकि विलंब होने पर यह मन से उतरकर शरीर पर आ अशांति एवं बैचेनी प्रदान करेगा। तथा अंतिम अवस्था में जलन

क्रियाशील होकर अपराध करता है। अतः इसका प्रभाव महसूस हो इससे पूर्व इसका निराकरण ढूंढ लें।

* जलन मृत्यु का स्वरूप है जो वास्तविक मृत्यु से कई गुनी ज्यादा खतरनाक और भयावह होती है। यह रोग तड़पा-तड़पा कर बेचैन कर देती है जिससे व्यक्ति मानसिक रूप से लकवाग्रस्त हो जाता है।

– *शेषनारायण शास्त्री*

अध्याय-5

क्या आप डिप्रेशन में हैं?

निंदा एक ऐसा शब्द जिसमें सभी रूचि लेते हैं निंदा करना और निंदा सुनना सबको अच्छी लगती है जबकि यह त्याग करने का विषय है। इसके छोड़े बिना जीवन में शांति की कल्पना बेमानी है। आजकल तो हरेक क्षेत्र और पेशे में निंदा अथवा एक-दूसरे को मिथ्या आरोपों के द्वारा नीचा दिखाना कार्य संस्कृति बन गई है। कुछ लोग तो जब तक दूसरों की निंदा नहीं करते उन्हें भोजन ही नहीं पचता जबकि कुछ लोगों को निंदा सुने बिना नींद नहीं आती। किसी के जीवन के चैन और निंदा का आधार शराब बन जाये तो आप सोच सकते हैं उस परिवार और समाज की आने वाले पीढ़ियों का भविष्य क्या होगा? आज समाज के सामने तीन बड़ी समस्या है जो मूलतः हम सभी के अंदर हैं वह है-क्रोध, जलन और हिंसा। ये तीनों चीज के कारण ही आज पूरा विश्व अशांत है। वास्तव में किसी धर्मग्रंथ के धर्मयुद्ध अथवा अधर्म से लड़ने की बात की गई है उसके मूल में यही है। इन्हीं तीनों से हमें लड़ना है। और किसी चीज से नहीं बाकि अपने आप संतुलित हो जायेगा। बहुत गहराई से हम अध्ययन करें कि आखिर हम क्यों दुःखी और तनावग्रस्त है तो हमें उत्तर इन बुड़ाई के आस-पास ही घूमता नजर आ जायेगा। हम सभी क्रोधी हो गए हैं, हमें बात-बात

पर क्रोध है। घर से कार्यालय तक। हम क्रोध में इतने ऊपर जा चुके हैं कि क्रोध ने हमें गिरफ्तार कर लिया है। जिसका परिणाम यह होता है कि बना-बनाया कार्य केवल हम अपनी एक मूर्खतापूर्ण क्रोध से नष्ट कर डालते हैं तथा जीवन भर पछतावा करते हैं इस प्रकार हमें अपने दुःख के कारण स्वयं बन जाते हैं।

क्रोध से बचने का एकमात्र उपाय है धैर्य और सहन करने की आदत पालना। यदि इन दो चीजों पर हमारा अभ्यास हो गया तो हम क्रोध को जीत लेंगे तथा जीवन में विपरीत स्थिति को भी अपने अनुकूल बनाने में सफल रहेंगे। लेकिन ऐसा नहीं हो पाता इसलिए हम आज बेचैन हैं। क्रोध एक नकारात्मक ऊर्जा है जिसे यदि हम धैर्य के साथ संभाल लें तो यह सकारात्मक ऊर्जा बन जाती है और एक बहुत बड़ी क्रांति के रूप में समाने आती है। जो पूरी दुनिया को बदलने का माद्दा रखता है लेकिन इसके लिए सहनशक्ति चाहिए एवं कच्चे माल की तरह लम्बे समय तक क्रोध को जमा कर फिर इस कचड़े को उपयोगी वस्तु के रूप में अपने वाणी और क्रिया रूपी कारखाने से बाहर निकाल कर देना है। और यह तब पूरी दुनिया को नई उर्जा और आशा देने का कार्य करती है। अब हम जलन के विषय में कुछ सोचें हमें बैचेनी क्या है? हमें सब कुछ प्रतिभा और परिश्रम के अनुकूल मिला लेकिन केवल यह की वह मुझमें क्यों आगे है? आपको उस व्यक्ति के बारे में गलत करने पर मजबूर कर देती है। आप अभी बहुत ईमानदारी से काम कर रहे हैं लेकिन केवल और केवल यह जलन की मुझे उस व्यक्ति को पीछे छोड़ना है चाहे वह तरीका कोई भी हो। इस प्रकार यदि हमें भ्रष्टाचार का भी मार्ग चुनना पड़े तो हम नहीं हिचकते एवं हम सभी काले हो जाते हैं। इस प्रकार आप अपराध करने वाले अपराधी हो जाते हैं। आप के पास क्या नहीं था? सब कुछ था फिर भी यह जलन जालिम क्या नहीं कराये। और अपराधी

कभी सुखी हो ही नहीं सकता। अतः यदि धन, वैभव के बाद भी जेल-बेल का चक्कर है तो इस दुःख और तनाव का कारण हम स्वयं हैं, कोई दूसरा नहीं।

हिंसा की प्रवृत्ति आज देश-दुनिया के सामने घातक चुनौती है जिसका हर-हाल में सामना करना आज हमारी सबसे बड़ी आवश्यकता भी है और मजबूरी भी है। आज के हिंसक दौर में आज इतनी बर्बरता इसीलिए अचानक तेज हो गयी। क्योंकि कहीं ना कहीं हमने भी इसको नजरअंदाज किया जब यह अपना पांव पसार रहा था। हम समय के साथ सतर्क नहीं हुए जिसका परिणाम आज पूरी दुनिया रो रही है यह हम प्रत्यक्ष देख रहे हैं लेकिन इस दैत्य से मुक्ति के लिए हमारे पास कोई कारगर तरीका नहीं। हिंसा हमेशा से कायरों का अस्त्र रहा है और युद्ध में जो हिंसा है वह कर्तव्य है क्योंकि उससे राष्ट्र, समाज और मानवता की रक्षा होती है परंतु कट्टरता एवं मैं और केवल मैं पर अहंकार आधारित जो जबरदस्ती है वह हिंसा है जिससे आज पूरी दुनिया आतंकित है। आप हिंसा होने का कारण खोजे तो पाएंगे की प्रत्येक हिंसा के मूल में यही– (1) मैं हूं और केवल मेरा अस्तित्व इस ब्रह्माण्ड में है। (2) और सबको मेरे जैसा ही होना पड़ेगा नही तो मैं सभी को बलात हिंसा के द्वारा अपने जैसा ही कर दूंगा। इन दोनों चीज पर ही हिंसा का पौधा जन्म लेता है और इसके जहरीले फलों से पूरी दुनिया में अशांति और भय का वातावरण बन जाता है। आज वक्त मौन रहने का नहीं बल्कि सतर्कता से इस समस्या को खदेड़ने का है नहीं तो यदि हमारा पड़ोस अशांत है तो हमारा शांत रहना ठीक नहीं क्योंकि हमारा घर भी दूर नहीं। बस पास में ही है दुनिया में हिंसा को कभी भी दो नजरियों। से नहीं देखना चाहिए। हिंसा-हिंसा है चाहे वह किसी प्रकार की हो उसका हर हाल में एक स्वर के साथ विरोध होना चाहिए नहीं तो हमारी आने वाली पीढ़ियों

को इसकी घातक कीमत अदा करनी होगी। अतः हमें डबल स्टैंडर्ड से बचना चाहिए। मित्रों हम चर्चा करते-करते बहुत दूर चले गये। हमारे मूल केन्द्र आप सभी युवा मित्र हैं। अतः मैं चाहता हूं युवा अवयाद या तनाव से बिल्कुल मुक्त रहें। इसके लिए आवश्यक है हम इन दुर्गुणों से बचें जिसकी पूरी व्याख्या मैंने ऊपर की है। इन सबमें निंदा ही सबसे बड़ा पतनकारी एवं डिप्रेशन देने वाला अवगुण है जिसका शिकार आज का अधिकांश युवा ही है। जिस तरह समाज का अवगुण हम देखते हैं क्या हमने कभी अपने दुर्गुण के बारे में चिंतन किया? यही तो मूल कारण है कि हमने खुद में सुधार नहीं किया जबकि पूरा बहुमूल्य समय दूसरों की सूरत देखने में लगा दी और जब जागे तब हमारी उम्र पार हो चुकी थी। सामने वाले कुछ है तो निश्चित उसमें कुछ + (प्लस) है लेकिन आपको कुछ उसमें – (माईनस) ही क्यों दिखता है क्योंकि आप में आगे बढ़ने का साहस नहीं रह गया। इसलिए आप दूसरों की प्रतिष्ठा पचा नहीं पाते। यही कारण है कि आप रूके हैं। दूसरे ने, भाग्य ने या किसी ग्रह ने आपके कैरियर पर ग्रहण नहीं लगाया बल्कि आप स्वयं इसके कारण है यह जो आपकी मानसिकता है यही आपको रोक रही है। यदि आज से आप केवल दूसरों में . (प्लस) देखना शुरू कर दें और –(माईनस) छोड़ दे तो आप रोज कुछ ना कुछ नया सीखते हुए विकास के पटरी पर चल पड़ेंगे। बस केवल सोच बदलनी हैं। इसको हम सभी आदर्श इसीलिए मानते हैं क्योंकि हम केवल + (क्षीर) को ले – (पानी) को छोड़ देता है। पूरा संसार गुण-दोष भय है इसमें गुण भी है और दोष भी। निंदा करने से निगेटिव एनर्जी निकलती है जो फिर दस गुनी गति से हमें ही हिट करता है। भले ही शुरू में हमारे गुणों के कारण यह ढ़का रहे लेकिन यह ''बैड एनर्जी'' धीरे-धीरे डिप्रेशन अशांति, बेचैनी और तनाव के रूप में हमें वापस मिलते हैं क्योंकि ऊर्जा

का परावर्तन होता है। यह एक ध्रुव सत्य है। अतः मित्र निंदा छोड़ों डिप्रेशन भाग जाएगा।

- निंदा और शिकायत अलग-अलग चीजें है निंदा में अहित का षडयंत्र होता है जबकि शिकायत में सुधार की अपेक्षा।
- हमने यदि निंदा को कुचल डाला तो हम संसार के भले ही सबसे निर्धन व्यक्ति रहें लेकिन संसार के राजा का भी वैभव हमारे चरणों के नीचे झुकेगा।
- सहनशक्ति ही उच्चतम् शिखर तक पहुँचने की श्रेष्ठ सीढ़ी है।

– शेषनारायण शास्त्री

अध्याय-6

स्नान-ध्यान और योग क्या है?

आज युवाओं को और खासकर छात्र मित्रों को तीन चीजों पर विशेष ध्यान देने की आवश्यकता है, वह है- स्नान, ध्यान और योग। तीन - पहले की यदि हम बात करें तो स्नान केवल तन की सफाई या स्वच्छता से संबंधित विषय नहीं है बल्कि इसका सीधा संबंध आध्यात्मिक विज्ञान तथा शारीरिक स्वास्थ्य से है अत: नियमित स्नान एक शारीरिक व्यायाम की तरह है जिसे किये बिना हम आगे का कर्म करने हेतु मानसिक रूप से तैयार नहीं हो पाते। आप महसूस करके देखों आप किसी धुन में लगे हो और स्नान नहीं कर पाये। तो अगले दिन वही स्नान आपके लक्ष्य में बाधा उत्पन्न करेगा। आपका मन उचाट एवं अनमना हो जायेगा। भारी-भारी बोझिल दिमाग से आप कोई भी कार्य नहीं कर पायेंगे। स्नान के बाद आप को ताजगी एवं स्फूर्ति मिलती है तथा नई ऊर्जा के साथ आप अपने कार्य में लग जाते हैं। आजकल तो मुँह धोया क्रीम लगाया और बालों में जेल लगा कर तैयार हो जाना ही स्नान माना जाने लगा है। मित्रों इस प्रकार की आदत आगे कई बीमारियों को जन्म देगी। अत: वास्तव में स्नान के स्वरूप और महत्ता को समझें तथा रोज ठंडे पानी से पूर्ण स्नान करें, उसके बाद चाहे क्रीम लगाओ या जेल बालों में, मुझे कोई आपत्ति नहीं। दूसरा जो महत्त्वपूर्ण बिन्दु

है वह है ध्यान। वास्तव में ध्यान शब्द को लेकर तथा इसकी परिभाषा को लेकर लोगों में बड़ा भ्रम है। मेरा यहाँ ध्यान शब्द से जो अर्थ है उसे मैं स्पष्ट कर रहा हूँ–मंत्र थेरैपी। जिस वैज्ञानिक एवं विश्व के तमाम वैज्ञानिक अनुसंधान केंद्रों ने माना है कि स्नान के बाद नियमित किसी भी माला पर 108 बार अपने धर्म के अनुसार ईष्ट का जप या ईबादत के दौरान अद्‌भुत ऊर्जा तरंगों की उत्पत्ति होती है, जो दिन भर मानव के समाने आने वाली संकटो से उसे बचाती है तथा विघ्न, बाधाओं को नष्ट कर जलती है। असफलता के मुख्य कारण आत्मबल और यादाश्त को बढ़ाने में मंत्र-जप टॉनिक का काम करती है।

अब मैं तीसरे सबसे महत्त्वपूर्ण शब्द पर आ रहा हूँ जिसका आजकल बड़ा प्रचार है वह है–योग। योग को सुनते हम सभी ध्यान, प्राणायाम समाधि और सूक्ष्म व्यायाम इत्यादि सबको योग में ही जोड़ देते हैं। सबसे पहले मित्रों हमें योग का अर्थ समझे बिना भले ही हम योग करें लेकिन यह लाभप्रद नहीं होगा। योग का मतलब सरल शब्दों में समता है। समता केवल अपने परिवार के लिए बल्कि पूरे समाज और देश के लिए लागू होना चाहिए। जिस प्रकार हम अपने बच्चों के परवरिश में कोई भेद नहीं करते उसी प्रकार बाहर के बच्चों को जो निर्धन और शिक्षा से दूर हैं, उन्हें जाति-धर्म के भेद से ऊपर उठ सहायता करना तथा उन्हें शिक्षित तथा कर्तव्यनिष्ठ नागरिक बनना वास्तव में योग का अर्थ यह है। योग केवल प्राणायाम या सूक्ष्म-व्यायाम से संबंधित विषय नहीं है बल्कि सीधे-सीधे यह हमारे आचरण व्यवहार और दृष्टिकोण से संबंध रखता है। पहले हमे अपनी आंखों को हाथों को तथा दिल को जातियता, सांप्रदायिकता के दंश से मुक्ति कार्य में लगाना होगा। तब जाकर हम अपने को योगी कहलाने का अधिकार एवं योग्यता रखते हैं और यह दृष्टि विकसित होगी सबों में वही उसी को देखना

जो आपमें है—सबके राम, सबमें रहीम। सबमें वही है एक कुत्ते से इंसान तक, फिर काहे की छुआछूत? जब तक हमने जीवन में इस चीज को नहीं ग्रहण किया हम लचीला और उदारवादी नहीं बन सकते। जबकि बिना रूख और स्वभाव में लचीलेपन तथा उदारता के अभाव में हम किसी बड़े अथवा महान लक्ष्य को नहीं प्राप्त कर सकते। इतना तो निश्चित है। हमारी सोच जैसी होगी वैसा ही हम कार्य करेंगे, और जैसा कर्म करेंगे फल भी उसी गुण, स्वभाव का प्राप्त होगा। अब जब हम इस प्रकार के बन जायें तब समाज की हम मदद करते रहें अत: इसके लिए थोड़ा सूक्ष्म व्यायाम तथा प्राणायाम केवल 20 मिनट के लिए प्रतिदिन अवश्य करें। जिससे आप स्वस्थ्य, सानंद और सिपाही की भूमिका समाज में अदा करते रहें।

इस प्रकार जीवन में स्नान-ध्यान और योग की महत्त्वपूर्ण भूमिका है। अभी तक हमारे युवा मित्र इसे उसी तरह समझ रहे थे जैसे उन्हें बताया जा रहा था, लेकिन वास्तविक व्यवहार में इसे कैसे उतारा जाये तथा इसका संबंध हमारे चरित्र एवं व्यक्तित्व के कार्यों से भी सीधे रूप में जुड़ा है, इस जानकारी से अछूते हम अब तक थे। अब यह भी कमी। पूरी हो गयी। बस अब इसे अपने कार्य-व्यवहार में उतारना है। यदि जीवन में केवल हम समाज की योगमय समता पर ही कार्य शुरू कर दे तो देश के अपराध आंकड़ों में 40% तक की गिरावट बिना लाईट पुलिसिंग एवं कड़ी चौकसी के अवश्य ही संभव है। आपने देखा होगा मेटों में कोई टी.टी.ई (T.T.) नहीं होता लेकिन सौ फीसदी टिकट के साथ यात्रा करते है। वहां अंदर में कोई पुलिस का जवान नहीं होता लेकिन कोई महिला या वरिष्ठ नागरिक के सीट पर नहीं बैठता। वहाँ अपने आप लोग पंक्ति में चढ़ते हैं और पंक्ति में उतरते है। जबकि दूसरा दृश्य मैं भारतीय रेलवे का मित्रों आप सभी के सामने प्रस्तुत कर रहा हूँ, वहाँ

T. T. भी है, रेलवे के जवान भी है लेकिन कानून का उल्लंघन सरेआम और खुलेआम होता है। कहां चली जाती है पुलिसिंग और एडमिनस्टेशन? साहब यह दोष ना तो सरकार है, ना पुलिस का ना ही प्रशासन का यह हमारे नजरिये का दोष है। हम जब मेट्रो से उतरकर भारतीय रेलवे में घुसते हैं तो साधु से शैतान हो जाते हैं। जी! यह कार्य दूसरे नहीं हम ही करते है। यह सीधा विषय जुड़ा है दृष्टि से। हमारी दृष्टि समाज के प्रति संतुलित एवं राष्ट्र की संपत्तियों के प्रति योगमय होनी चाहिए। फिर तो अनुशासन संवेदना और जिम्मेदारी का अनुभव स्वयं ही होने लगता है। आज आवश्यकता इस वस्तु की है कि इस विषय का कार्य-संस्कृति बनाया जाये और शिक्षा संस्थानों से ही ऐसी दृष्टि विकसित करने की पहल होनी चाहिए।

केवल जिस योग को हमने बहुत छोटे दायरे में बाँध रखा था, वह इतना व्यापक है कि पूरे समाज और देश में क्रांति ला सकता है। एक छोटे से विषय पर काम करने से इतने लाभ हैं तो जीवन में हमें इस अवसर को कभी हाथ से नहीं जाने देना चाहिए नहीं तो आजीवन हम पछतायेंगे। केवल शरीर से रोगी होना केवल रोगी का अर्थ नहीं बल्कि जो पूर्ण स्वस्थ्य है परंतु जिसमें कुछ करने का उत्साह नहीं रह गया हो, वह दुनिया का सबसे बड़ा रोगी है। ठीक इसके विपरीत शरीर पूरा रोगों से भरा पड़ा है लेकिन जिसमें कार्य के प्रति धुन तथा लगन है वह संसार का सबसे स्वस्थ्य व्यक्ति माना जाना चाहिए। अब जवानी और बुढ़ापा के विषय में भी यही दर्शन और चिंतन प्रयोग करना चाहिए। जो बुढ़ापे में भी क्रियाशील है वही जवान है और जो जवानी में भी बिस्तर पर बढ़ों की तरह लेटा रहता है, वह असली बूढ़ा है। और वह जीवन भर बूढ़ा ही रहेगा, यह भी मैं गारंटी देता हूं। इसी अनियमित दिनचर्या एवं आचरण के कारण आज से असमय हमोर बाल सफेद हो रहे हैं? दिमागी

शांति के जगह अस्थिरता है। पढ़ाई में मन नहीं लगता। शरीर में ऊर्जा का अभाव महसूस होता है। नींद गायब है जब यह गायब है तो व्यक्ति नशे के चुंगल में फंस जाता है जो मृत्यु का प्रवेश द्वार है। हमारे चेहरों का आकर्षण एवं प्राकृतिक तेज नष्ट होता जा रहा है इसीलिए वैशाखी के रूप में हमें चेहरों पर क्रीम की कुर्सी बैठानी पड़ती है लेकिन कड़ी धूप में वह भी साथ छोड़कर भाग जाता है। साथ तो बस हमारे साथ दो ही चीज हरदम है आत्मा और परमात्मा। परंतु दुर्भाग्य क्या है वह जो मेरे साथ है उसे हम भूल गये हैं और जो नहीं है उसे हम अपने बनाये इधर-उधर जीवन में अंधी दौड़ लगा रहे हैं। हमें जिसकी बाहर तलाश है वह हमारे अंदर बैठा है। बस नजरे झुकाने भर की देर है वह तो वहां है ही, आप को तुरंत दिखेगा। जब चाहोगे तब।

❋ सहायता करने की आदत जरूर पाले लेकिन जरूरत मंदों की। इससे आपके अभियान में विघ्न नहीं आयेगा।

❋ क्रोध का पूर्ण त्याग संभव नहीं अत: नियंत्रण का प्रयास करें। क्रोधी से क्रोध का अभिनय करने वाला कलाकार बने। यही पर्याप्त है।

❋ जीवन में तीन समन्वय आवश्यक है—शयन-संगीत-स्वच्छता। इसे अपनी दिनचर्या की प्रथम वरीयता प्रदान करें। आपको आनंद आयेगा और स्वस्थ्य रहेंगे।

— शेषनारायण शास्त्री

अध्याय-7

मेरी आवाज सुनो

जीवन में एक समय के बाद व्यक्ति को मौन हो जाना चाहिए। मैं यह बिलकुल नहीं कह रहा की सारे कार्य को स्थगित कर आप मौन और निष्क्रिय हो जायें। मेरे कहने का तात्पर्य यह है कि थोड़ा हम कम बोलना सीखें तो फायदे में रहेंगे। युवा और छात्रों को इस विषय को गंभीर होकर समझने का प्रयास करना चाहिए क्योंकि यह उनकी सफलता का मूलमंत्र साबित हो सकता है। युवाओं आप कभी-कभी सोचते होंगे की समाज आपके अंदर छिपी बात को नहीं समझ रहा। आप जितना स्वयं का परिचय दे रहे है उतना ही सामने के लोग आप में संभावना देखने के बजाये आपमें लोभ का दर्शन कर रहे हैं। आप क्या है यह आपसे बेहतर दूसरा नहीं जान सकता। मैं इस विषय पर आपके साथ हूं। आप की प्रतिभा और जज्बे को भी मैं समझ रहा हूँ और उसे सैल्यूट कर रहा हूं। परंतु मेरे जैसे आपको समझने वाले केवल 1% है और आप जैसे स्वयं को पहचान चुके लोगों का आंकड़ा भी शायद इसी आस-पास होना चाहिए। आपका कसूर बस इतना है कि आपका जन्म गरीब और साधारण परिवार में हुआ। आपका अगला कसूर यह है कि आपके पास पर्याप्त आर्थिक स्रोत और भौतिक आवश्यकता के सामान नहीं है। आपका सबसे बड़ा आज के आधुनिक एवं

बड़े सामाज में अपराध है कि आपके पीछे किसी बड़े आदमी का हाथ नहीं है जो आप पर अपना ब्रांड चिपका दे की यह मेरा प्रोडक्ट है। उसके बाद तो कोई समस्या ही नहीं रहेगी। दुनिया लाख प्रतिभा और मेरिट का राग अलापे लेकिन हकीकत की दुनिया कुछ और ही बयां करती है। मैं आपकी वेदना समझ रहा हूं। लेकिन एक बात और साथ में बताते चलता हूँ यदि आपने सही राह चुनी है और आपका संकल्प सच्चा है तो आप सफल निश्चित होंगे। यह भी गारंटी के साथ 100% सत्य है।

यदि आपके पास सब कुछ होता तो आप अपना कार्य बैठे-बैठे सिद्ध कर लेते। आपको दौड़ और चक्कर नहीं लगानी पड़ती। और यह भी जान ले की शायद आपको सब कुछ आसानी से मिल गया होता तो शायद आप बड़ा लक्ष्य के बारे में सोच भी नहीं पाते और (Know Yourself) स्वयं को जान भी नहीं पाते तथा इतिहास इसका जीता-जागता प्रमाण है कि जिसने स्वयं को पहले जाना वही इतिहास के पन्नों में हमेशा-हमेशा के लिए अमर हो गया। अतः मित्र संघर्ष के अपने कुछ विशेष लाभ हैं जो बाद के जीवन में अमृततुल्य स्थायी सुख और आनंद प्रदान करते है। जिसके जीवन में कुछ दिनों की भूख की तड़प न आई हो। जिसके जीवन में रात्रि से प्रातः गगन तले ना हुई हो। जिसे जीवन में अपमान जैसे सच्चे मित्र से कई बार सामना नहीं हुआ हो। जिसने दरबारों की परिक्रमा नहीं की हो। जिसे बार-बार दौड़ाया नहीं गया हो। जिसे कम नहीं आंका गया हो। तथा सबसे महत्त्वपूर्ण तथ्य तो मित्र मैं विस्मृत ही हो गया है जिसे जीवन में बार-बार उपहास ना मिला हो, विरोध जैसे हितैषियों से मुलाकात नहीं हुई हो, उसे अपने लक्ष्य द्वारा स्वीकृति मिल ही नहीं सकती क्योंकि लक्ष्य चीख-चीख कर कहता है मैं ऋषि विश्वामित्र हूँ मैं जानता हूँ तुम राम हो लेकिन मैं इन मारीच, ताड़कों और सुबाहु रूपी दैत्यों से घिरा हूँ। मेरी बुद्धि

और साधना काम नहीं कर रही। कृपया पहले तुम इन बाधा रूपी दैत्यों का संहार करो। और हम ही संहार भी करते हैं और अंत में हमें विजय श्री भी प्राप्त होता है। हम पूर्ण सक्षम है। बस दो चीज इस सूक्ष्मता को और प्रखेर बनाता है आत्मबल एवं धैर्य जबकि इसके अभाव में कार्य बीच में ही ठप होने की संभावना रहती है। अतः दो चीज बनाये रखे और यह आयेगा। निरंतर लक्ष्य की आवश्यकता के अभ्यास से तथा एक अखंड विश्वास एक अज्ञात ऊर्जा रूपी उस परमसत्ता प्रियतमा परमात्मा के प्रति जो संसार का एकमात्र कंट्रोलर है और जितने भी हैं वह केवल ऑपरेटर हैं। मित्रों में बहुत महत्वपूर्ण बात कह रहा हूँ, इसे समझने की जरूरत है। हमारे लक्ष्य प्राप्ति और बाधाओं के नाश में परमात्मा की अहम भूमिका होती है अगर हम माने तो और नहीं माने फिर भी आपके नहीं मानने किसी चीज का अस्तित्व नहीं मिट सकता। कुछ चीजें प्रमाणपत्र, अनुसंधान और खोज से ऊपर की वस्तु होती हैं। इसके खोज में जो-जो निकले वे इसी में खो गए फिर वह वास्तविक जीवन में नहीं आ सके। उसी ऊर्जा के स्वरूप राम, रहीम और जीसस हैं। परंतु मैं बार-बार कह रहा हूँ वह केवल एक मात्र कंट्रोलर हैं, दूसरा कोई नहीं। हम जैसी सुविधा और आबोहवा में जैसी उसकी चाह हुई उसी रूप में वह हमारे सामने आ गया। कहीं हमें मूर्ति से दिल्लगी हो गयी। वह हुई कृष्ण के रूप में दौड़ कर राधा के सामने खड़ा हो गया। कहीं कुछ महसूस हुआ तो वह रूहानियत बन कर हमारे संस्कार और संस्कृति का हिसाब बन गया। कहीं द्वैत में, कहीं अद्वैत में कहीं विशिष्टा द्वैत में। कहीं मंदिर में कहीं मस्जिद में कहीं चर्च तो कहीं गुरुद्वारे में। वह पिता है अतः हमने जैसी जिद की वह वैसा बन कर हमारे सामने आ गया और हम खुश हो गये। एक बालक को इससे अधिक और क्या चाहिए, और एक बाप को अपने बेटे को प्रसन्न देखने से बड़ा सुख संसार

में कुछ नहीं। उसका नाम ऐसे ही परमात्मा नहीं। कुछ और केवल जितनी चीजें हैं उसी की हैं। वही कुछ उसकी इच्छा से हजार रूप में आ जाता है तथा केवल दिखने वाला कई अवतारों में। सबमें बस एक ही नूर है। तो मित्रों हमारे लक्ष्य की प्राप्ति में इस परमपिता, खुदा और गॉड की अहम भूमिका है। इसे हम जितना गहराई से समझने लगेंगे, लक्ष्य उतना ही आसान दिखने लगेगा। इसके लिए रोज थोड़ा अभ्यास करना चाहिए क्योंकि अभ्यास से ही प्रेम उत्पन्न होगा। और प्रेम के बाद वह प्रियतम छूट नहीं पायेगी। इसके बाद की जो अवस्था है वह है एक-दूसरे को जान लेना।

उसके बाद मत पूछो। समझो तुम्हारा काम बन गया। अब मित्रों मैं पुनः वही लौटता हूँ जहाँ से मैंने अपनी यात्रा प्रारंभ की थी–मौन। जब हमें लग जाने की मुझे कोई नहीं समझ रहा तो हमें चुपचाप शांत होकर स्थिर मन और बुद्धि के साथ अपने काम में 4 गुनी और गति, ऊर्जा के साथ लग जाना चाहिए। बिल्कुल अपनी संगीत सुनानी लोगों को बंद कर देनी चाहिए। केवल और केवल दिन रात अपने लक्ष्य रूपी परमात्मा की साधाना करना चाहिए। इस प्रकार जैसे साधनाओं की सिद्धि होती है उसी प्रकार हमारी हृदय की भी सिद्धि हो जाएगी। बहुत से मौनी बाबाओं के बारे में हमने सुना होगा। उनकी कहानी बड़ी दर्दनाक एवं उपदेश पूर्ण होती है? वह ऐसे ही मौन नहीं हो जाते बल्कि हम-आप जैसे लोग ही इतना धक्का पे धक्का देते हैं कि अंत में वह चुप हो जाते हैं। संसार से कोई सुखी होकर विमुख नहीं होता। जो सुखी होकर तब संसार से विमुख हुआ तो वास्तव में मानना पड़ेगा उसमें कुछ दम था। महात्मा और संत संसार के नींव हैं, जिस दिन यह नींव हिल गया संसार का सत्यानाश हो जायेगा। अतः आप सभी से अपील कृप्या संदेह को हटा दे। तालाब में केवल 2-4 मछलियां गंदी होती हैं बस दुर्भाग्य यह है कि वह सारे तालाब को वातावरण के दृष्टिकोण

से गंदा बना देती है जिससे व्यक्ति संदेही बन जाता है लेकिन इसका मतलब यह नहीं की यह सत्य हो गया बाकि सबकुछ गलत संसार का दृष्टिकोण आजकल गुणी एवं सेवा करने निकले युवाओं के प्रति संदेह एवं संशक्ति हो गया है उन्हें लगता है कि ये सभी खुद कमाने निकले हैं और उसके उद्देश्य को वह समझने की जहमत तक नहीं उठाते। यदि इन्हें संभावना देखने की आदत पड़ जाये तो दुनिया में वे बैठे-बैठे दूसरे के संभावना रूपी काबिलियत से धन और शौहरत कमायेंगे। लेकिन यह जुआ और सट्टा में पैसा लगायेंगे लेकिन किसी काबिल व्यक्ति को स्पांसर या प्रमोट नहीं करेंगे। यही तो है दुनिया जो चीख-चीख कहती है पहले ब्रांड लाओ फिर मैं तुम्हें खरीदूंगा।

- लक्ष्य मिलेगा बस चुनाव और संकल्प के साथ समझौता नहीं होना चाहिए।
- जीवन का कष्ट जब आनंद देने लगे तो समझना चाहिए हम लक्ष्य पाने के उत्तराधिकारी बन गये हैं।
- लक्ष्य तो संसार में कई है लेकिन दो प्रकार के लक्ष्य सबसे श्रेष्ठ हैं।
    1. व्यक्ति दूसरों के मार्गदर्शन के लिए सिंहासन का पात्र बने और उसे प्राप्त करें।
    2. व्यक्ति दूसरों के कल्याण हेतू नींव की ईट की तरह विलीन हो जाये।
- जीवन को जीने का प्रयास करना चाहिए। सूई-धागे लेकर कुछ लोग हमेशा इसे सीने में लगे रहते हैं। कृप्या ऐसा नहीं करें।

❋ प्रत्येक व्यक्ति को राम-कृष्ण वन ने के लिए सत्य परिश्रम और करूणा के वातावरण में जीना चाहिए।

❋ हम राम, कृष्ण, खुदा जीसस के बंदे है, यह याद रखना चाहिए क्योंकि संकट के समय में यह अलौकिक ऊर्जा में बदल हमारी रक्षा करता है। अत: माला जपते रहो।

– शेषनारायण शास्त्री

अध्याय-8

जीवन में खलनायक होना जरूरी

जीवन में महापुरुषों की कहानी बड़ी दिलचस्प और रोचक रही है। लोग कहते हैं प्रत्येक सफल व्यक्ति के पीछे किसी ने किसी महिला का हाथ जरूर रहता है लेकिन इन पुरुषों का महापुरुष बनने की कहानी कुछ अलग ही उदाहरण बयां कर रही है। मजेदार बात यह है कि इनके जीवन की ऊंचाई तक पहुंचाने में नायक-नायिका से ज्यादा खलनायक और खलनायिका की भूमिका ज्यादा अहम रही है। कभी-कभी दर्द ही व्यक्ति के लिए दवा बन जाती है, रोग ही इलाज बन जाता है तथा विष ही अमृत बन जाता है। जो व्यक्ति को धरातल से उठाकर आकाश की गगनचुम्बी इमारत तक पहुंचा देता है। बस एक भाव होना चाहिए मैं सबको पीछे छोड़ दूंगा। महापुरुषों की एक विशिष्टता यह होती है कि इतना दर्द और तौहीन पाने के बाद भी ये इन खलनायकों को अपना प्रेरणा स्रोत ही बताते हैं। कहते हैं शायद इनसे मुझे धक्का नहीं मिलता तो मैं अपने भविष्य का चौखट नहीं खोल पाता। कितना उच्च आदर्श है। ऐसी विनम्रता और सहिष्णुता आम इंसान में संभव नहीं। अतः ये सामान्य पुरुष नहीं बल्कि महापुरुष कहलाते हैं। इनका कभी भी इस प्रकार का रोषपूर्ण कथन नहीं होता की मेरे मित्र ने कभी मुझे धोखा दिया, मेरी प्रेमिका ने बेवफाई की दुनिया ने लात मारी

बल्कि ये कहते हैं इन लोगों ने मुझे रास्ता दिखाया। मित्रों, खासकर युवा छात्रों को ऐसी विनम्रता शीलता एवं सहनशक्ति इनसे सीखनी चाहिए क्योंकि ये सारी व्यवहार की चीजें बाजार में नहीं बिकती, केवल अभ्यास से विकसित की जा सकती है। अत: अधिक से अधिक हमें इन महापुरुषों के बारे में अध्ययन करना चाहिए। तथा इनके चरित्र एवं व्यक्तित्व का अनुकरण करना चाहिए। दर्शन की विशिष्टता है कि उसे शब्दों के दायरे में नहीं बांधा जा सकता। फिलॉसफी अनंत तक की यात्रा कर सकती है। यह शून्य से शुरू होकर फिर शून्य तक ही पहुंचने का माद्दा रखता है। दर्शन में ही जीवन के सारे रहस्य छिपे हैं अत: प्रत्येक व्यक्ति का एक निजी विचार रूपी दर्शन होना चाहिए।

मुझे तो खाने वाले मीठे रसगुल्ले में भी एक जीव का दर्शन होता है तथा मुझे वे जीवित प्राणी दिखाई देते हैं। बात आपको अजीब लग सकती है लेकिन केवल इस एक रसगुल्ले के जीवन-चरित्र से इतना कुछ सीखा जा सकता है कि ये हमारी बिगड़ी हुई जिंदगी को सुधार सकता है। व्यक्ति का जीवन दर्शन और विचार-प्रवाह के मध्य झूलता रहता है। जैसा विचार और दर्शन उसके जीवन का होता है, वैसा ही मार्ग का वह अनुसरण करता है। जो की आगे चलकर उसके व्यक्तित्व एवं चरित्र निर्माण का कारण एवं कारक दोनों बनता है। जो सत्संग रूपी दर्शन और विचार के संग रहता है उसमें अच्छे गुण रहते हैं जो नशा, जुआ और व्यसन के संग रहते है, उनमें बड़े गुण आ जाते हैं। इस प्रकार मेरे प्यारे मित्रों संसार में बिना दर्शन का कोई नहीं। जीवन में दर्शन का विकास व्यक्ति के प्रगति एवं सुख का मार्ग प्रशस्त करता है। बस आवश्यकता और ध्यान देने वाली बात यह है कि दर्शन भटकना नहीं चाहिए। जीवन यदि सफल बनाना है तो हमें सत्य परिश्रम धैर्य, निष्ठा, सहनशक्ति परोपकार संवदेना एवं दूसरों का सम्मान इसको जीवन

में उतारना होगा तथा इसे विचार के रूप में फिर दूसरे तक पहुंचाना होगा। अपने कर्म, आचरण, व्यवहार तथा व्यक्तित्व द्वारा इतना सब जो उपक्रम है और प्रक्रिया है इसी का नाम दर्शन है। दर्शन मतलब जो विकास से रूबरू करा दे। स्वयं को हकीकत जानने योग्य बना दे। उसी प्रक्रिया का नाम दर्शन है। अब रसगुल्ले की बात थोड़ी और हो जाए। रसगुल्ले के देह में इतना रस होता है कि खानेवाला खाता रह जाता है। परंतु मित्रों यदि हमें जीवन में कुछ अलग हट कर करना हैं, हमें भी यदि महापुरुषों की श्रेणी में शामिल होना है तो इस रसगुल्ले के साथ एक प्रयोग करना होगा। हमें रसगुल्लों के देह के रस के साथ अपनी जीभ के रस को इतना मिला देना चाहिए कि उल्टी हो जाए। इसके बाद आपको रसगुल्लों से घृणा हो जाएगी। निश्चित है। यह केवल इसी के साथ नहीं बल्कि यह एक उदाहरण मात्र है। ऐसा कहीं भी, किसी चीज के साथ किया जा सकता है लेकिन परिणाम वहीं मिलेगा जो मैं आपको बता रहा हूं। कहीं लिखा है और किसी धर्म ग्रंथ की उक्ति है कि त्याग वही कर सकता है जिसने भोग किया है। अतः रसगुल्ले को तब तक खांये जब तक की आपको उल्टी न हो, फिर वह आपसे हमेशा-हमेशा के लिए दूर हो जाएगा। अतः त्याग अमृत है इसे प्राप्त करने के लिए पहले मानसिक रूप से तैयार हो जाएं। लोग इसे हठ के साथ जीवन में उतार तो लेते हैं लेकिन बाद में यही हठ जीवन की कुंठा के रूप में बदल जाती है। आप तनावग्रस्त और अवसादपूर्ण इंसान बन जाते हैं। इसका कारण यह है कि आपने बिना सोचे, समझे और किए देखा-देखी कर लिया अतः यह तो होना ही था और बाद में यही कुंठा विभिन्न प्रकार के अपराधों को जन्म देता है। इस प्रकार एक अच्छा इंसान हैवान बन जाता है। हम आश्चर्य करते हैं, वह ऐसा नहीं था, यह कैसे हो गया? मित्रों में नहीं चाहता ऐसा किसी के साथ हो। अतः किसी चीज

को जीवन में अनुभव एवं कार्य-फल के आधार पर ही उतारे तब आप सुखी भी रहेंगे और पाप मुक्त भी रहेंगे। जीवन में कोई भी पेशा ना छोटा होता है ना ही बड़ा। सबकी की जीवन में जरूरत हे तथा अपनी जगह महत्ता। हमारे साथ दिक्कत है कि सारे कार्य दुनिया के हम ही नहीं कर सकते। प्रत्येक व्यक्ति में अलग ढ़ग के कौशल एवं प्रतिभा होती है। हमसे चूक कहां होती है उसके विषय में हमें चर्चा करने की आवश्यकता है। जैसे अक्सर हम उदाहरण स्वरूप साधु से अपेक्षा कर लेते हैं कि वह टी.वी. रेडियो, गाने और फिल्म से दूर रहता है। मैं एक दो सवाल आपसे पूछता हूँ, क्या कोई गाने सुनता है और फिल्म देखता है तो वह साधु नहीं? क्या साधु इंसान नहीं? उसे जीवन जीने का अधिकार नहीं? कृप्या ऐसी अपेक्षा ना करें की मजबूरी में हमें वैसा ही आचरण करना पड़ा जो की बाद में कुंठा और अपराध के रूप में सामने आये।

बातें तो आप सभी समझ रहे हैं लेकिन वास्तव में क्या कहना चाहता हूं, यह आप अभी नहीं समझे। इन सारे उदाहरणों तथा विश्लेषण के मूल में क्या है? मैं बता रहा हूँ जीवन के कई अवसरों पर आपके साथ माता-पिता, गुरु-भाई-मित्र इत्यादि बुरा व्यवहार करते है। उनकी बातें आपके दिल में लग जाती है। आप सोचते है मेरा अपमान हुआ है मैं बदला लूँगा। इस प्रकार ये माता-पिता भाई-गुरू तथा मित्र आपके लिए खलनायक बन जाते हैं। इन्हें सबक सिखाने के लिए आप जी-जान से अपनी लक्ष्य प्राप्ति के लिए परिश्रम करने लगते हैं। आपके दिमाग में बस एक बात रहती है कि हर-हालत में इन्हें एक दिन नीचा दिखा कर रहूंगा। इसके बाद एक दिन वह भी आ ही जाता है, जब आप इतनी ऊंचाई पर पहुंच जाते हैं कि सब आपके सामने बौने हो जाते हैं। चलिए आपकी भड़ास निकल गई लेकिन क्या आपने कभी अपने पिता, गुरू अथवा मित्र इत्यादि

के भाव को पढ़ने का प्रयास किया? क्या संसार में जो कहने के बाद दंड दिया जाये की यह तुम्हारे कल्याण के लिए है अतः दे रहा हूँ, वही दंड है? क्या जो बिना-बताये मौन होकर हमारे कल्याण के लिए दण्ड दिया जाये वह हमारे लिए घोर अपमान हो जाता है? भले ही आप अपने हितैषियों को हमेशा खलनायक मानते रहें लेकिन ये अपने दिल पर पत्थर रखे कर अपने कलेजे के टुकड़े को लात मारकर लाखों के बीच में पहुंचा देते हैं। इन्हें पता होता है कि इसमें जो चमक है उससे लाखों के घरों में रोशनी आएगी। अतः हमें भले ही यह दुश्मन समझता रहे लेकिन इसका लाभ संसार को मिलना चाहिए और माता-पिता को जब तुम्हारी याद आती है तो कभी अकेले में रो लेते हैं लेकिन बहुत संभल के शायद भेद खुल न जाए। ये ऐसे विशेष प्रकार के चोर होते है कि इन्हें खोने का गम कम है कि तुम चले गये बल्कि इस बात की खुशी अधिक है कि तुमने खुद को पा लिया।

* जीवन में धक्का या धिक्कार प्राप्त हो तो उसे संकेत समझें। उसी समय संकेत का अध्ययन कर मार्ग का चयन कर लें और बिना विलंब चल पड़ें।

* स्वाभिमान और अभिमान के बीच बहुत फर्क है। अक्सर हम आचरण में गड़बड़ी करते हैं। जिससे इसके स्वरूप का क्षरण होता है। कृपया ऐसा ना करें। पहले समझें फिर करें।

* समाधान की तलाश के लिए समस्या पर कड़ी नजर रखें। धैर्य रखें तो समस्या बिखड़ जाएगी और निराकरण प्रकट हो जाएगा।

— शेषनारायण शास्त्री

अध्याय-9

नास्तिक कौन?

धर्म के स्वरूप को लेकर कई मान्यतायें एवं पद्धतियाँ हैं उन सभी का मैं सम्मान करता हूँ। धर्म-कर्म के विभिन्न तरीके और शैलियाँ हैं उनकी भी मैं आदर करता हूँ। इस धर्म विषय को लेकर लोगों का विभाग दो प्रकार से विभक्त है। कुछ लोग अपने आप को आस्तिक कहते हैं जबकि दूसरे स्वयं को नास्तिक एक कॉलेज के प्राचार्य ने मुझसे बड़ा दिलचस्प सवाल दाग दिया। जनाब ने पूछा संसार के सभी विद्वान धर्म रक्षा और आस्तिकों को ही समझने में लगे हैं लेकिन नास्तिकों के लिए भी कोई नास्तिक विद्वान होना चाहिए जो उसे मानसिक खुराक दे सके। क्योंकि नास्तिक भी मानव ही है उसका उद्धार कैसे होगा? ये सवाल प्राचार्य महोदय ने जब पूछा तो कुछ देर के लिये मैं चुप हो गया क्योंकि वाकई सवाल में दम था। नास्तिकों का कल्याण कैसे होगा? यह बात मेरे दिमाग में बार-बार थमने लगी। जब मैंने अनुसंधान किया तो पाया की संसार में नास्तिकों की संख्या करीब 19 फीसदी के आसपास है। ये सभी धर्मों से ताल्लुक रखते हैं और किसी धर्म विशेष का यह आकड़ा नहीं है। परंतु वास्तव में नास्तिकता किसे कहते हैं शायद ये नहीं जानते इसीलिए स्वघोषित नास्तिक हैं। दुनिया में किसी को नास्तिक की उपाधि नहीं प्रदान की जाती। मैंने नास्तिकों को चयन

करना जब प्रारंभ किया तो मैं बिल्कुल वहाँ गया और बिल्कुल ऐसे लोगों से मिला जो कहते हैं मैं भगवान को नहीं मानता परंतु मेरे दर्शन और शोध के हिसाब से बहुत प्रयत्न के बाद भी मुझे एक भी नास्तिक व्यक्ति नहीं मिला। मैं सत्य कह रहा हूँ, जिसका आगे मैं विश्लेषण करूँगा। नास्तिक किसे कहा जाए और क्या मैं नास्तिक हूँ, इस पर आज चर्चा की आवश्यकता है। किसी विषय से भागना ठीक नहीं क्योंकि लम्बे समय का कम्युनिकेशन गैप एक सामाजिक नहीं क्योंकि लम्बे समय का कम्युनिकेशन गैप एक सामाजिक संक्रमण एवं गलत ट्रेंड को जन्म देता जो किसी भी देश और समाज के लिए अच्छी बात नहीं है।

जीवन में प्रत्येक व्यक्ति को अभिव्यक्ति एवं संवाद की स्वतंत्रता है लेकिन समस्या तब खड़ी हो जाती है जब हमें किसी चीज का दुरूपयोग करने लगते हैं। मैं और आप सभी आजाद है अपनी-अपनी राहों को चुनने के लिए लेकिन एक बात है जो हम सभी करने से हमेशा चूकते हैं। वह है तर्क के बाद चुनी हुई राहें। हम जीवन में इंटरब्यू के लिए जब जाते हैं। तो बहुत तरीके से तैयारी करके निकलते हैं ताकि वहाँ तर्क हम उत्तर दे सके और हम सफल रहें लेकिन हम धर्म के विषय को दकियानूसी विचार समझ कर घृणा करते हैं लेकिन कोई राख से मिठाई बना दे तो महिलाओं की लाईन लग जाती है। क्या आपने देखा है कोई भरी जवानी में विधवा हो गई? आपने देखा है। भगवान ना करे, यह किसी के साथ हो, यह मात्र एक उदाहरण है। लेकिन उस लड़की के पास सब कुछ होते हुए भी वह शादी नहीं करती। वह लड़की पहले नास्तिक थी। आज तक मंदिर के चौखट तक नहीं गई क्योंकि उसे जन्म से ही स्वर्ग की प्राप्ति थी लेकिन आज की तरीख में वह दिनभर केवल धर्म की पुस्तकें पढ़ती है। धर्म की बातें सुनती है और अधिक से अधिक सुनने की उसकी इच्छा बढ़ती ही जा रही है। आप एक

बार आज की कोई फिल्म देख लें अथवा गाना सुन लें तो दोबारा वह आपको अच्छी नहीं लगती लेकिन वह धर्म के पीछे कौन सी ऐसी ऊर्जा है जो बोर करने के बजाए भूख को बढ़ाते चली जाती है। और जितनी भूख बढ़ती है उतनी शांति मिलती है तथा वह स्त्री कल के अपेक्षा आज ज्यादा समाज में जानी जा रही है, मानी जा रही है। उसका चेहरा प्रशांत महासागर की तरह शीत और ओजस्वी हो गया है। क्या आपने फेसबुक, चैटिंग और मोबाईल को 10 मिनट के लिए हटा कर, इस पर सोचा है? मैं आपको गारंटी देता हूं, यदि आपने सोचना शुरू कर दिया तो वह रोज बढ़ेगा ही, निश्चित है। वह एक ऊर्जा है उसे हमें किसी धर्म, संपद्राय, पंथ, मजहब से नहीं जोड़ना चाहिए। वह सबका है और सबमें है। आत्मा जो हमें सभी के अंदर बैठी है वह वही ऊर्जा रूपी परमात्मा का अंश है। अत: ये दो शब्द अस्तित्व में आये आत्मा और परमात्मा। आज के समय में यदि हम दु:खी हैं तो इसके कारण हम स्वयं है दूसरा नहीं। यदि हम चिंता, अवसाद और अज्ञात भय से ग्रसित है तो इसका कारण मात्र यह है कि हमने अपना पूरा समय संसार को तो दे दिया लेकिन अपनी आत्मा के लिए हमारे पास 10 मिनट का समय नहीं। हम जितने अपने आत्मा रूपी वास्तविक मित्र से दूर हो रहे हैं उतने दु:खी है और सांसारिक मित्रों के हाथों। धोखा खा रहे है। हम जितना करीब आयेंगे अपने आत्मा के पास हमें सही और गलत का फर्क समझ में आ जायेगा और हमारी चिंतायें खत्म हो जायेगी। यह आत्मा कुछ नहीं स्वयं परमात्मा का ही अंश है। इस लाइन को इतना बेचा गया है कि लिखने के समय मुझे लग रहा है। यह तो झंडू बाम हो गया है। मित्रों मेरा मकसद आप सभी को सुखी और प्रसन्न देखना है। अध्यात्म को धर्म विशेष से जोड़कर देखना गलत है। अध्यात्म एक स्वतंत्र विषय है। इसी अध्यात्म का परिवर्तन संसार की विभिन्न पूजा-पद्धति तथा उपासना

है। पहले आध्यात्म है उसके बाद कोई मान्यता। यह आध्यात्म प्रत्येक हिन्दू, मुस्लिम ईसाई, सिख और यहूदी का अधिकार है। इसे पाने और समझने का अधिकार एक निम्नतम जाति के इंसान से लेकर उच्चतम जाति के इंसान को है। हमारा यह मौलिक अधिकार है, इससे हमें कोई दूसरा वंचित नहीं कर रहा बल्कि हम स्वयं ही वंचित हो रहे हैं। जो की जन्म से हमारे दिल में बैठा है लेकिन जो सत्य है उसे हम विस्मृत कर देते हैं और माया के दीवाने हो जाते हैं, इसीलिए हम तड़पते हैं क्योंकि जब आँखें खुलती हैं तो काफी विलंब हो गया होता है। माया भी जरूरी है, बिना संसारी बने आप आत्मा, परमात्मा और आध्यात्मिकता को नहीं समझ सकते। इसके लिए संसाधन और भौतिक आवश्यकता की पूर्ति आवश्यक है। बस हमें इसका दीवाना ना बनकर उसको दिवाना बनना है जो हमारे जन्म से पहले भी था और मृत्यु के बाद भी रहेगा।

मैंने कलम नास्तिक विषय से शुरू की थी की संसार के लगभग 19% नास्तिक लोगों का कल्याण कैसे होगा? परंतु मुझे तो कोई नास्तिक मिला ही नहीं। जाँच में पाया की नास्तिक ही असली परमात्मा के उपासक हैं और मुझे लगा की ये नास्तिक मुझसे श्रेष्ठ हैं क्योंकि ये सीधे अनुसंधान करके ऊर्जा के उपासना में लगे हैं और विभिन्न प्रकार के लोगों को जैसी-जैसी अनुभूति होती है उसे वे स्वयंघोषित नास्तिक विचार कहते हैं? लेकिन यह तो तय है कि उन्हें कुछ ना कुछ अनुभव होता है। मुझ आप सभी से कुछ प्रश्नों का उत्तर चाहिए। जब आप बीमार होते हैं, आप दवा खाते हैं और आपकी बीमारी ठीक हो जाती है। आप कहते है दवा में दम था अब आप ही मुझे बताये जो दवा को दमदार बनाने वाली ऊर्जा है वह कौन सी ऊर्जा है? उसका नाम क्या है? क्या दवा को विभिन्न रसायनों या औषधियों को विभिन्न जड़ी-बूटी से बनाने के समय उस ऊर्जा का किसी ने दर्शन किया है? यह जो दम है उसको तो आप मान

ही रहे हैं और फिर एक समय ऐसा आ जाता है कि आप की रातें और सुबह जड़ी-बूटी के सहारे ही होती है। यदि आप असली नास्तिक हैं तो इन दवाओं के पीछे काम करने वाली दम या ऊर्जा पर विश्वास क्यों करते हैं? इन ऊर्जा के बैसाखी को छोड़ दें। यदि आप प्राणायाम था ध्यान में है और आपको रोज नयी ऊर्जा की अनुभूति होती है और इसे आप स्वीकार भी करते हैं। यदि आप नास्तिक हैं तो या तो इसे छोड़ के बतायें या इस ध्यान और प्राणायाम के पीछे छुपे रहस्य रूपी ऊर्जा उस परम सत्ता का नाम बता दो जो आपको रोज एक नया रहस्य और नवीन उत्साह देता है। वास्तव में संसार में कोई नास्तिक नहीं। आप मानो या ना मानो तुम्हारी मर्जी लेकिन किसी ना किसी किसी रुप में, किसी ना किसी स्वरूप में तुम सभी परमात्मा का प्रतिदिन उपासना कर रहे हो जिसे तुम स्वयं देख सकते हो।

❋ आध्यात्म एक स्वतंत्र सत्ता है जिसे जहाँ से और जैसे चाहोगे वह प्रकट हो जाता है।

❋ साधना, सिद्धि और चमत्कारों के मूल में यहीं आध्यात्मिक शक्ति काम करती है। जो धर्म और जाति के बंधनों से परे है।

❋ आध्यात्म का सीधा संबंध मानव के भाव और उद्देश्य की पवित्रता से है अतः विश्व के सभी श्रेष्ठ मजहब भावशुद्धि और विचारों की पवित्रता पर जोड़ देते हैं।

— *शेषनारायण शास्त्री*

अध्याय-10

आपका प्रोटोकॉल क्या है?

हमने बड़े-बड़े लोगों को देखा होगा, जब वे चलते हैं या किसी यात्रा में निकले हैं तो उसके साथ-साथ उनका एक प्रोटोकॉल सर्कुलर जारी होता है। वास्तव में यदि सरल शब्दों में समझें तो एक विशेष व्यक्ति की दिनचर्या एवं कार्यक्रम का लेखाजोखा। यह प्रोटोकॉल शब्द बहुत महत्त्वपूर्ण है इसे गहराई से समझने की आवश्यकता है क्योंकि ना केवल यह बड़े लोगों के लिए जरूरी है बल्कि एक छात्र के लिए भी स्वयं का एक प्रोटोकॉल होना अत्यावश्यक है। यही आवश्यकता विभिन्न पेशों में कार्य कर रहे लोगों को भी है। यदि यत्र-तत्र जैसे-जैसे में ही आपकी प्रसन्नता है जो केवल आपके हिस्से में जीवन भर लाल और पीली-नीली बत्तियों को निहारने का काम रह जायेगा। और यदि आपने कुछ ऊपर का सोचा है तो सबसे पहला काम सबकुछ छोड़ कर यह करो की अपने लिए एक प्रोटोकॉल बनाया। आप क्या करते हो इससे कोई मतलब, आपका पेशा और मजहब क्या है इससे भी कोई बाधा नहीं। प्रोटोकॉल व्यक्ति की महत्ता और समय की कीमत को बताता है। आप परेशान है कि दुनिया आपको महत्व नहीं दे रही। आपको समुचित आदन समान और आपके कार्य विशेष के विशिष्टता को भी लोग वजन नहीं देते, यह भी आपके चिंता का मूल सबब है। परंतु इतना कुछ

समाज पर थोपने से पूर्व स्वयं से पूछो की, क्या तुम स्वयं की महत्ता और अपनी विशेष प्रतिभा का आदर, सम्मान करते हो? तुम्हें आत्मा से उत्तर मिलेगा–नहीं। अब बाकी तुम सब जानते हो स्वयं के लिए तुम्हारी क्या अहमियत है? जब तुम अपनी अहमियत स्वयं नहीं जान रहे तो तुम्हारा व्यवहार और आचरण स्वयं के प्रतिभा के प्रतिकूल निश्चित होगा। उस स्थिति में तुम स्वाभिमान के बदले समझौते का आचरण करोगे। बात साफ हो गई तब तुम्हें हमेशा अपमान मिलेगा।

मान लो आप बहुत अच्छे लेखकहो अब मुझे यह बताओ कि तुम्हारा लेख पहले तो वही पढ़ेगा जो पढ़ना जानता है। उसके बाद समझने की बात आती है समझने के लिए बुद्धि की आवश्यकता है और तुमने जहां लेख को पढ़ने हेतु दिया वहाँ बुद्धि का अभाव है क्योंकि वह हिन्दी नहीं जानता अत: वह उसे एक कोरे कागज की तरह उस पर बिस्कीट–नमकीन रखकर साफ कर डालेगा और तुम देखते रह जाओगे। तुमने जो लिखी उसे कॉलेज के बच्चे समझेंगे तुम स्कूल–स्कूल जाकर अखबार के हॉकर की तरह मजदूरी कर रहे हो। क्या लेखक का काम यही है? क्या उसका आचरण ऐसा ही होना चाहिए जहां मन किया वहीं हाथ आजमा के देखते हैं शायद गुल खिल जाये? स्कूल के बच्चे भी फिर वही तमाशा करेंगे। संजोग से यदि बरसात के दिन हुए तो सड़को पर तुम्हारे किताब के पन्ने हजारों कागज के नाव के रूप में तैरते नजर आएंगे और फिर तुम कुछ नहीं पाओगे। और भी नजारे देखने हों तो स्कूलों में 2 घंटे बाद लौटना, सबके हाथों में कागज के फूल होंगे। मैंने जीवन में अनुभव को बड़ी गहराई से जिया है। जीवन जियों कृप्या इसे सूई धागा लेकर सियो मत। जीवन जीने के लिए है लेकिन तरीके के साथ। तुम्हें अपने कार्य के स्तर और उसकी गुणवत्ता पर पहले सोचना चाहिए। फिर खूब मजे से निकलो और सीना तान

कर निकलो लेकिन सही जगह पर जाओ। उसके बाद मान-अपमान की चिंता मत करना। हरेक परिस्थिति में हंसना। क्रोध को शर्बत की तरह पी जाना। सही राह पर यदि संघर्ष होता है तो विलंब हो सकता है। लेकिन सफलता की गारंटी है। वहां बार-बार दौड़ लगाओ। इस प्रकार की मजदूरी गलत नहीं बल्कि आदर्श है।

इसलिए मैंने प्रोटोकॉल शब्द पर जोर दिया ताकि आप स्वयं के लिए एक नियम-कायदे का निर्माण करें तभी समाज में आपको लोग समझें अन्यथा नहीं। ऐसा नहीं है कि संसार में समझने वाले लोगों का अभाव हो गया बल्कि सत्यता यह है कि हम ही सही व्यक्ति या प्लेटफार्म तक नहीं पहुंच पाते। संघर्ष की आयु तब ही तक होती है जब तक हमारी तलाश पूरी नहीं हो जाये। उसके बाद संघर्ष बूढ़ा हो जाता है लेकिन बुढ़ापे की एक विशेषता होती है कि उसके पास अनुभव रूपी धन होता है। अत: बुढ़ापे के बाद ऐसा ना हो कि हम जैसे बूढ़े मां-बाप को वृद्धाश्रम में भेज देते हैं उसी तरह इसे छोड़ना बहुत बड़ा अपराध होगा क्योंकि आगे बढ़ने के बाद अहंकार का निश्चित आगमन होता है। यह दीगर बात है कि किसी में कम होता है तो किसी में ज्यादा और कोई बिल्कुल इस पर नियंत्रण रखता है लेकिन होगा जरूर। अत: मां-बाप और बुढ़ापे रूपी संघर्ष के चरणों में रहो नहीं तो जिस दिन टूटे उसे दिन पूरा का पूरा बिखर ही जाओगे फिर सीधे I.C.U. में जाओगे हाथ पर प्लास्टर चढ़ाने से काम नहीं चलेगा। संघर्ष जवानी में ऊर्जा रूपी टॉनिक प्रदान करता है जो सीधे सफलता के दरवाजे तक व्यक्ति को प्रदान कर तुम्हें सुरक्षित कर देता है। जीवन में सफलता को प्राप्त करके अनुभव के साथ उसका निर्वाह कर लेना अथवा उसे पचा लेना। बहुत बहादुरी का कार्य है। लोगों को सफलता पचती नहीं तुरंत उल्टी हो जाती है। आपने देखा होगा कुछ कहीं अहंकार की उल्टी करते फिर रहे हैं। कुछ लोग क्रोध की उल्टी करते फिर

रहे है। कुछ लोग अक्कड़-बक्कड़ सूट-टाई, गाड़ी-बंगला, मुँह पर जहाँ दुर्गंध नहीं वहां भी रूमाल दबाये फिर रहे हैं। यह दिखावा किसके लिए और क्यों? कितना दिन दिखाओगे? बाथरूम की टाइल्स पर फिसलोगे सीधे ऊपर जाओगे। कुछ जगहों का टिकट कन्फर्म रहता है बाथरूम, छत और सड़क वेटिंग नहीं कराती। क्यों हम ऐसा आचरण एवं व्यवहार रूपी उल्टी करते फिर रहे हैं? मित्रों हमें विनम्रता और सरलता के साथ सफलता शब्द को जीना चाहिए। ऐसा लगे कृपण और सुदामा का मिलन हो रहा है। ऐसा आचरण पेश करो जैसे कृपण अपनी ठकुराई भूलकर स्वयं अर्जुन का रथ हांकने लगे। मैंने प्रोटाकॉल से संवाद कर रहा था देश के बड़े लोगों के लिए प्रोटोकॉल दुनिया को दिखाने के लिए नहीं होता बल्कि वह बड़ी आवश्यक चीज है नहीं तो लोग नेता, अधिकारी की महत्ता समझ ही नहीं पायेंगे। कुछ मामलों इन लोगों के व्यवहार एवं काफिले को देख हम अमूमन टिप्पणी कर देते हैं, ये ऐसे हो रहा है, वो ऐसे हो रहा है, बिल्कुल गलत हो रहा है इत्यादि-इत्यादि। यदि ये लोग व्यवहार में तथा आचरण में थोड़ा वजन नहीं दिखाये तो हम लोग इस प्रवृत्ति के लोग हैं कि दान का सामान समझ कर टूटे पड़ेंगे। अतः जीवन में गाड़ी, बंगला, नौकर-चाकर, पुलिस स्कॉट, सुरक्षा बॉडीगार्ड सबकी अपनी जगह आवश्यकता है नहीं तो लोगों की प्रवृत्ति जन्म से लोगों को दबाने और उन पर हावी होने की रहती है। इस तरह लोग अपनी मर्यादा लांघ जाते है। उनको सीमा का ज्ञान नहीं रहता अतः प्रोटोकॉल बहुत जरूरी मसला है। हमारे छात्र जीवन या पेश में भी इसे कड़ाई से लागू करने की आवश्यकता है। बिना इसके लागू किए हमारी दिनचर्या नहीं सुधरेगी और बिना इसके हम बड़े लक्ष्य की प्राप्ति नहीं कर सकते। अतः प्रत्येक जीव महत्वपूर्ण है। इसे हमें स्वयं समझना होगा और अपने गुणों के विकाश एवं सब धन के लिए स्वयं में मौन, गंभीरता, शब्दों का ठीक चयन,

बैठने-उठने के तरीके में शालीनता इत्यादि हमारे लिए उच्च प्रोटोकॉल के लिए सबसे अच्छे मापदंड साबित हो सकते है। अतः जीवन के प्रत्येक पेशे में सफलता तथा श्रेष्ठता के लिए पहले स्वयं ही स्वयं का बनाया हुआ प्रोटोकॉल का पालन करें और छात्र तो अभी से रूटीन बना ले। यदि हमने स्वयं को पहचान कर उसके अनुरूप प्रोटोकॉल बनाया है तो हमारे स्वयं के बाद बहुत जल्द समाज को भी उस प्रोटोकॉल का सम्मान करना पड़ेगा।

* विकास के लिए मानसिक वातावरण ज्यादा आवश्यक है। व्यवस्था और सुविधा कहीं भी मिल सकती है लेकिन मानसिक वातावरण के लिए अपने मन और कार्य के अनुरूप लोगों का चयन आवश्यक है अन्यथा लक्ष्य से भटकाव संभव है।
* जीवन में जो भी करें उसे पहले अनुभव और तर्क के तराजू पर तौल लें। एक अंगूठी अलग-अलग लोगों में अलग-अलग प्रभाव उत्पन्न करता है। अतः व्यक्ति व्यक्तिगत रूप से ही स्वयं के लिए कुछ करेगा, दूसरा नहीं।
* जीवन में आशा, विश्वास और सकारात्मक चिंतन अमृत के समान है जबकि निराशा, हीनता का भाव तथा नकारात्मक चिंतन विष के समान।

– शेषनारायण शास्त्री

अध्याय-11

पर्दा जरूरी है

पेशेवर जीवन में युवाओं को एक बात को लेकर हमेशा सजग रहना चाहिए वह है अपनी कमी को प्रकट ना करना। यह आज के समय में बहुत महत्त्वपूर्ण है क्योंकि लोगों की आँखें आजकल किसी सामने के इंसान में संभावना की जगह उसमें कमी की तलाश में लगा रहता है। उसकी कमी क्या है यदि उसे बता दिया जाये तो वह आग बबूला हो जायेगा लेकिन लोग अपने दुष्टता से मजबूर हैं। हम तो बस परमात्मा से प्रार्थना कर सकते हैं सरकार इन्हें सद्बुद्धि दो की ये हम में हंस की भांति क्षीर को ग्रहण करें और नीर को छोड़ दे क्योंकि समाज के निर्णायक पदों पर ये ही बैठे हैं और हमारा इंटरव्यू भी इनके द्वारा ही संपन्न होगा। अतः पंगा से अच्छा है कि हम अपनी कमी को प्रकट ना होने दे। प्रत्येक व्यक्ति में कुछ विशेष गुण होता है तो इसके विपरीत कुछ अवगुण भी निश्चित होता है। बस अवगुण ऐसा दैत्य है कि सामान्यतया यह गुणों से दबा रहता है लेकिन काम के मौके पर प्रकट होकर खेल बिगाड़ देता है। कुछ लोग अपने जीवन को खुली किताब की तरह रखते हैं, यह अच्छी बात है परंतु कमियों का प्रदर्शन कदापि नहीं करे तो हितकर है। अक्सर सीधे लोगों के साथ यही खुली किताब वाली फिलॉसफी आगे चलकर जी का जंजाल बन जाता है। कमियों पर

नियंत्रण के लिए आवश्यकता इस बात की होती है कि जब किसी प्रयास में हम लगे हैं तो उस दौरान की कार्यवाही के मध्य अपने आत्मबल को पुष्ट रखें। मनोविज्ञान के दृष्टिकोण से जब आपका आत्मबल पुष्ट रहेगा तो आपमें जो-जो गुण और प्रतिमा होगा वह झरने की तरह बहने लगेगा और यदि बीच में कहीं-कहीं यदि पत्थर पर कंकड़ रूपी कमी झरने में गिरी भी तो वह बहाव के तेज गति के साथ आगे निकल जायेगा और सामने वाले पर उसका प्रभाव नहीं पड़ेगा। इस प्रकार आप बेहतर प्रस्तुति देंगे।

संसार में बिना कमी का कोई इंसान हो ही नहीं सकता। प्रत्येक व्यक्ति में कुछ कमी होती है तभी उसे इंसान नाम से पुकारा जाता है यदि किसी में कोई भी कमी ना हो तो तब तो वह परमात्मा की श्रेणी में आ जायेगा और फिलहाल तो परमात्मा अभी धरती पर आये नहीं की तुलना कर विश्लेषण किया जाये की वाकई बिना दुर्गुण का भी इंसान का अस्तित्व हो सकता है। मैंने कमी छिपाने की बात इसलिए की क्योंकि जीवन की सरलता और स्पष्टता अपनी जगह है और पेशेवर जीवन अपनी जगह। प्रत्येक व्यक्ति को जीवन यापन के लिए किसी ना किसी पेशे का सहारा लेना पड़ता है। जब हम दुनिया के सामने सहयोग के लिए जाते हैं तो जिस प्रकार की क्षमता और विशेषता अपने पास होता है, सामने के संसार की अपेक्षा और हमारे प्रति सम्मान का भाव उसी प्रकार का हो जाता है और वह अपनी बुद्धि और विवेक के हिसासब से हमें एक दायरे में पंक्षी की तरह कैद कर देता है। अब हम आजाद होते हुए भी नहीं उड़ पाते। बड़े-बड़े लोगों में कमियां होती हैं तब हम जैसे छोटे लोगों की गिनती कहां? मान लो देश में एक बहुत बड़ी बीमारी है तंबाकू चूने के साथ रगड़कर खाने की। मैंने छोटे से बड़े-बड़े लोगों को इस बीमारी से ग्रसित देखा है। अब यह व्यसन आपको है और कोई कमी नहीं लेकिन इसने आपको अपनी गिरफ्त में इस

प्रकार ले लिया है कि आप समाज और सार्वजनिक स्थानों पर भी इसका नियंत्रण नहीं कर पाते और निकाला चूना खैनी मलने लगे। मैं आपकी समस्या समझ रहा हूं। यह छोटी बात जरूर है लेकिन समाज पर इसका बड़ा व्यापक प्रभाव पड़ता है और उसी समाज से आपको रोटी भी खानी है। पहली बात तो यह है कि दुनिया में कोई भी नशा ठीक नहीं। भले ही वह छोटी हो अथवा बड़ी। जहर तो जहर है चाहे एक बूंद लो अथवा पूरी शीशी। एक बूंद थोड़ी देर से जान लेगी, पूरी शीशी जल्दी काम करेगी।

मेरी नेक सलाह यह होगी की इस जहर का भी त्याग कर दें। यदि संभव नहीं तो इसे कम कर दें और इतना नियंत्रण के साथ कमी करे की यह आपके बेडरूम तक ही सीमित हो जाए। यही एकमात्र बीच का रास्ता है जिससे आपकी भी बात रह जाएगी और समाज में आपकी प्रतिष्ठा बनी भी रहेगी। समाज हमेशा बदनाम ही करते आया है, इतिहास गवाह है। और एक अंग्रेजी में कहावत है पैसा गया, संपत्ति गई पद गया वह मिल सकता है लेकिन चुनरी पे दाग, इसे धोना बड़ा कठिन होता है। हालांकि कर्म योगी इससे भी बाहर निकल आते हैं क्योंकि उनके जीवन का सूरज कभी नहीं डूबता। आपकी थोड़ी सी कमी के वजह से समाज में आपकी प्रतिष्ठा गिर सकती है। सामने वाला आपको न्यूनदृष्टिकोण से देखने लगता है। इस प्रकार वह आपके प्रति सम्मान और भाव में कमी कर देता है। वास्तव में होता क्या है कि मान लो आप कॉलेज के शिक्षक हो, बड़ा नाम है आपका लेकिन बीच-बीच में खैनी खा बैठते हैं तो सामने के लोग आवश्यकता से अधिक आपके साथ खुल जाते है। सीमा थोड़ी दड़क जाती है फलस्वरूप सामने वाला छोड़ा मनवाफिक व्यवहार करने लगता है। परिणामस्वरूप प्रतिष्ठा और सम्मान में कमी आना स्वाभाविक हैं। लोगों को लगता है जब इस पद पर बैठने के बाद भी इनमें वही दुर्गुण हैं जो हम सभी में

है तो ये हमसे अलग कैसे हुए? इन्हें हम कैसे मानें की यह समाज और छात्रों की अपेक्षाओं को पूरा करेंगे जो खैनी जैसे छोटी चीज को ना तो छोड़ सकता और ना ही उस पर नियंत्रण कर सकता है। बात में तो दम है, मानना पड़ेगा। देखिए समाज में संदेश तो जाता है जिसे हम चाह कर भी नहीं रोक सकते। जब आप किसी पद पर बैठ जाते हैं तो आप से समाज की अपेक्षायें बढ़ जाती हैं और उसके हिसाब से आपको तोल-मोल कर आचरण करना पड़ेगा। हमें संयम और नियंत्रण का गुण विकसित करना होगा ताकि कोई संदेश हमारी मुसीबत ना बने।

कई संप्रदायों एवं पंथों में खासकर हिन्दू धर्म में जो पर्दे की व्यवस्था है वह पुराने समय के अनुभवी लोगों द्वारा इसी वहज से लागू की गई थी ताकि जो आज के समय में हमें परेशानियों का सामना करना पड़ रहा है, वह ना करना पड़े। मैं पर्दे की वकालत नहीं कर रहा बल्कि सभी चीजों के पीछे कुछ कारण होता है उसके विषय में बात कर रहा हूं। कुछ चीजें पर्दे में ही अच्छी लगती है। पर्दा बुरा नहीं बल्कि इस हथियार के सहारे जो अपराध होने लगे वह बुरा है। जहाँ तक बात निष्काम की होती है, वहाँ तक मामला ठीक रहता है। जैसे ही किसी व्यवस्था में सकाम व्यापारियों का प्रवेश हुआ समझ लो अब मामला निश्चित बिगड़ेगा। कई मंदिरों में खाकसर दक्षिण भारत में आपने देखा होगा भगवान का भोजन, शयन और जागरण तीनों पर्दे के अंदर होता है। यहाँ तक की श्रृंगार में कोई कमी रह गई हो तो तुरंत फिर पर्दा लगाया जाता है तथा उनके स्वरूप ठीक करके पट खोला जाता है। यह व्यवस्था एक संदेश है। इसे किसी धर्म विशेष अथवा पूजा-पद्धति से जोड़कर नहीं देखा जाना चाहिए। यदि कहीं भी कुछ सीखने लायक उदाहरण हो तो उसे जरूर ग्रहण करना चाहिए तथा अपने आचरण एवं व्यवहार में उसका सद्‌उपयोग करना चाहिए। भोजन,

शयन और जागरण ये तीनों चीजें निजी जीवन का हिस्सा होता है। ये हम भी भली भांति समझते हैं। उसी प्रकार आपके निजी जीवन की कई आवश्यकतायें और पसंद होंगी। जिसके बिना आपका जीवन नीरस हो जाता है लेकिन वह सब आपकी निजी पसंद है। हो सकता है ये दूसरो के लिए आपकी कमियाँ हो। अत: इसे अपने दायरे और सीमा में करे और पर्दे का पालन करें। इससे आप सुरक्षित रहेंगे और पेशे में मस्त। प्रत्येक व्यक्ति स्वयं का जीवन जीने के लिए स्वतंत्र है। इसके साथ-साथ व्यक्ति स्वयं के विनाश और विकास के लिए भी आजाद है। बस शुभकामना के साथ अपना ख्याल रखें।

- कोई भी कार्य स्वयं के क्षमता के अनुसार करें। क्षमता से बाहर तथा दूसरों के भरोसे किया गया कार्य, पूर्ण फल नहीं देता। आंशिक सफलता मिल सकती है।
- प्रयास का प्रत्येक कदम सफलता होता है। लक्ष्य एक बड़ी सफलता है जो बहुत सारी सफलताओं की इकट्ठी पूंजी है।
- विपत्ति काल में धैर्य के साथ अपने विवेक और विचार की मिश्रित औषधि का स्वाध्याय के माध्यम से सेवन करना चाहिए। यह विपत्ति की औषधि है तथा इससे विपत्ति का शमन होता है।

– शेषनारायण शास्त्री

अध्याय-12

भारत कहीं खो गया है

मित्रों हमारा भारत कहीं खो गया है इसे खोजने की जरूरत है और इस साहसपूर्ण कार्य को अंजाम तक पहुंचाने की जिम्मेदारी हम युवा कंधों पर है। हमें पूर्ण विश्वास है कि हम अंजाम तक पहुँचेंगे। विश्व का इतिहास साक्षी है जब-जब भारत को विस्मृत करने और कराने का प्रयास हुआ तब-तब इस पवित्र भूमि ने करवट ली और विश्व का मार्ग-दर्शन किया। पहले इस बात को समझने की आवश्यकता है कि हमारा भारत कैसे और कहां खो गया है और किस प्रकार की रणनीति के साथ इसे पुनः प्रतिष्ठापित किया जा सकता है। हमने विदेशियों को देखा है उनका आत्मविश्वास देखने लायक होता है। वे उत्साह और साहस से लबरेज रहते हैं; यह एक आम धारणा बन गई है। मुझे अंग्रेज जैसा पुत्र, अंग्रेज जैसा पति और अंग्रेज जैसी अंग्रेजी आनी चाहिए लेकिन आप यह नहीं जानते की इन विदेशियों की आत्मविश्वास का राज इनका इतिहास बोध है जो इन्हें प्रेरणा देता है। आगे बढ़ने का ऊंचाई तक पहुँचने का। इन्हें मालूम हैं हमारे यहाँ इतने वैज्ञानिक, इतने शासक, इतने योद्धा हुये। हम उनके ही अंश है। हमारे अंदर भी वह रक्त है जो इन योद्धाओं का था। अतः इनका आत्मबल काफी

ऊंचा रहता है और ये वहां तक पहुंच रहे हैं जहां तक जाने के लिए हम योजना बनाते रह जाते हैं। जबकि एक समय ऐसा था जब इन विदेशियों के प्रेरणास्रोत एकमात्र हमारा देश भारत था। जहाँ से इन्हें आत्मविश्वास एवं साहस की छुट्‌टी मिलती थी। हम इनका मार्गदर्शन करते थे और ये हमारा अनुकरण करते थे। हम जगद्‌गुरू के पद पर आसीन थे लेकिन आज क्या हालात है? ये हम सभी जानते हैं। हमारी हल्दी दूसरे पेटेंट करा कर डब्बे में पैक कर बेच रहे हैं। हमारा आंवला विदेशों में डब्बे बंद होकर आयुर्वेदिक खुशबू बिखेर रही है लेकिन आर्युर्वेद का जन्मदाता भारत का कोई नाम लेने को तैयार नहीं है।

विदेशों में लोगों के बीच शाकाहार की लोकप्रियता बढ़ रही है जबकि हम सर्वाहारी और मांसाहारी होते जा रहे हैं बाहर लोग मंदिरों के तरफ आ रहे हैं और हमारे कदम मदिरालय की तरफ जा रहे हैं। लोग वहाँ आयुर्वेदिक नुस्खे अपना कर टेंशन भगा रहे हैं और यहाँ हम अंग्रेजी गोली फाँक कर टेंशन बढ़ा रहे हैं। सब कुछ उल्टा हो रहा है। यहाँ का सब कुछ वहां जा रहा है और फेंका हुआ वहां का रद्‌दी माल यहां आ रहा है। हमारे देश और समाज की इससे बड़ी क्षति और क्या हो सकती है? आज आवश्यकता ही पश्चिम देशों से स्वच्छता सीखने की तथा उन्हें पवित्रता सिखाने की लेकिन दोनों में से कोई काम हम नहीं कर रहे है। इससे बड़ा दुर्भाग्य और क्या हो सकता है देश के लिए। आज हम एडम स्मिथ और मार्शल जैसे अर्थशास्त्रियों की माला-जप रहे हैं लेकिन कभी हमने जानने का प्रयास नहीं किया की जब ये दोनों पैदा नहीं हुए थे तो भारत के पास अर्थशास्त्र के जनक कौटिल्य थे। जब वैज्ञानिक लाइबनिज ने गणितीय सूत्र दिया, उससे बहुत पूर्व हमारे पास महान गणितज्ञ माधव थे जो इससे पहले ही इस सूत्र का प्रतिपादन कर चुके थे और इस पर शौध की शुरूआत उन्होंने ही की थी। कितनी

शर्म की बात है कि कालिदास जैसे महान साहित्यकार की तुलना हम शेक्सपियर से करते हैं और उन्हें भारत का शैक्सपियर कह कर पुकारते हैं केवल इसलिए की उनकी कृति संस्कृत में थी और शेक्सपियर की अंग्रेजी में? इसीलिए हम कालिदास को कम आँकते हैं क्या? आपका मित्र ज्ञान होना चाहिए जब शेक्सपियर का दूर-दूर तक अता-पता नहीं था तब उस जमाने में हमारे पास महान कालिदास थे। अब जरा हम संस्कृत को जाने। क्या आप जानते हैं जिस संस्कृत भाषा का नाम सुनते हम नाक-भौं सिकुड़ने लगते हैं वह विश्व की समस्त भाषाओं की जननी है? इस भाषा के ज्ञान के उपरांत आप दुनिया की किसी भाषा को समझने में समर्थ हो सकते हैं। आज दुनिया के कई विश्व-विद्यालयों में संस्कृत पढ़ाई जा रही है और विदेशी बड़ी उत्सुकता से इसकी पढ़ाई कर रहे हैं। संस्कृत पर नित्य नवीन शोध हो रहे हैं लेकिन हमें इस शब्द के श्रवण मात्र से घृणा होती है। कैसा संक्रमण है यह जिसने हमें अपनी मां के दूध के बदले प्लास्टिक का दूध पीने की आदत डाल दी। मैंने कभी सोचा नहीं था हमारे ही गहने को कोई ले जायेगा और फिर उसे सोना बना कर वह उसे अपना पेटेंट संपत्ति बतायेगा। जब शल्य चिकित्सों के बारे में कोई चिंतन भी नहीं कर सकता था तब हमारे पास महान चरक और शुश्रुत थे जो बांस की छोटी-छोटी पसलियों के सहारे शल्य चिकित्सा किया करते है। लेकिन आखिर हमें क्या हो गया कि मात्र 200-250 वर्षों पुरानी विदेशी चिकित्सा एवं शल्य पद्धति को ही सत्य और अपने वास्तविक नायकों को भूल रहे हैं? जब पूरा विश्व नंगा घूमता था तब हम वस्त्र के सबसे बड़े निर्यातक देश थे। हम तराजू के एक तरफ कपड़े रखते थे और दूसरी तरफ सोना। कपड़े के वजन के हिसाब से हम सोना प्राप्त करते थे। यह बात बहुत पुरानी नहीं बल्कि केवल 3000 वर्ष पूर्व की है। आज विश्व में शायद जितने प्रोफेशनल कोर्सेज नहीं

चल रहे उससे ज्यादा हमारे 97 हजार गुरुकुल विद्यालयों में धातुशास्त्र, खगोलशास्त्र और चिकित्सा विज्ञान सहित कुल 55 से अधिक विषय पढ़ाये जाते थे। आप सभी बहुत उत्सुकता से यह सोच रहे होंगे कि मेरा इतना कुछ बताने के पीछे क्या मंशा है? मित्रों मंशा बिल्कुल स्पष्ट है कि हम कहीं से कमजोर नहीं हैं। चाहे वह विषय हमारे इतिहास गौरव से हो जिसमें हम शुरू से जगद्गुरू थे आज भी है या चाहें वह आत्म-बल का मामला हो। यदि हमारे लोग और हमारा देश आत्म-विश्वासी राष्ट्र नहीं होता तो सभ्यता के शून्य से ही हम श्रेष्ठ और प्रबल कार्य नहीं कर पाते। चिंता का समय कल था की भविष्य में रहेगा। मुझे नहीं मालूम। मेरा ध्यान केवल और केवल वर्तमान पर है। आज हम इतने पीछे मात्र इस कारण से हैं कि हम हमने अपने इतिहास गौरव को भुला दिया है। हम यह भूल-चुके हैं वे हमारे पूर्वज जो इतने महान थे हम उन्हीं के संतान हैं। हमारे रगों में भी वही रक्त दौड़ रहा है। जब वे इतने महान थे तो हम क्यों नहीं बन सकते? आज जिनका हम अनुकरण कर रहे है, क्या आप इन सपूतों के ऐसे पुत्र है किसी विदेशियों के बैसाखी के सहारे आपको चलना पड़ रहा है। हम तो केवल दो रोटी, मकान और गाड़ी के बारे में सोच रहे हैं लेकिन ये नहीं सोच रहे की आयातिंत अनुकरण से केवल आपके जीवन का निर्वाह हो सकता है लेकिन अपने देश की जमीन, ज्ञान और संसाधन से आपको वह सब कुछ मिल सकता है जो किसी शहंशाह के सपनों का ताज होता है। आज जिम्मेदारी खाने-कमाने तक हमारी नहीं रह गई है बल्कि उस इतिहास गौरव को जागृत करना तथा उसके बाद उसे बरकरार रखना, यह आज के भारत की खोज के लिए नितांत आवश्यक है। भारत को खोजने के लिए हमें सबसे पहले इतिहास के नायकों का स्मरण करना चाहिए तथा उनके सिद्धांत एवं खोज को आगे बढ़ाना होगा। तब नजारा खुद दिखेगा। शोध

एवं अन्वेषण के तरफ कदम आगे बढ़ाना होगा। इससे हमें आत्मबल की वृद्धि होगी। ज्ञान के आयात पर तत्काल प्रभाव से रोक लगा कर ज्ञान का निर्यातक राष्ट्र बनना होगा। तभी सैकड़ों वर्षों के आत्महीनता आत्मग्लानि और पिछड़ेपन के कलंक को धोकर हम अपना पुराना गौरव और जगद्गुरू का सिंहासन प्राप्त करने में समर्थ हो सकेंगे। ऐसे नहीं। आओ हम एक साथ कदम से कदम मिलाकर दुनिया को जीतने निकलें।

- इतिहास बोध आत्मबल और कार्य करने की प्रेरणा प्रदान करता है अतः कभी भी गौरव की विस्मृति नहीं होनी चाहिए नहीं तो राष्ट्र की अधोगति संभव है।
- राष्ट्र का लक्ष्य प्रथम ध्येय होना चाहिए। कमजोर राष्ट्र में निवास करने वाले नागरिकों में अपने संपत्ति एवं वैभव से ममत्व नहीं रखना चाहिए। उसे शत्रु कभी उठा के ले जायेंगे।
- आत्मबल, आत्मगौरव और उत्साह हर हालत में विजय श्री दिलाती है। अतः इन तीन शाखा रूपी राष्ट्र नामक कल्पवृक्ष के साये में जीवन बितायें।

– शेषनारायण शास्त्री

अध्याय-13

हम डरपोक हैं क्या?

जीवन में केवल लोभ ही ऐसा विषय नहीं है जो निरंतर बढ़ते जाता है बल्कि भय भी एक ऐसा विषय है जो निरंतर प्रगति के बाद घटने के बजाये बढ़ते चले जाता है। यह एक अनुभव से प्राप्त यथार्थ सत्य है। इसके अपेक्षा तो जब हम शून्य की अवस्था में कुछ नहीं रहते तो कम भयभीत रहते हैं। उस समय का भय दूसरे प्रकार का होता है जबकि शिखर प्राप्ति के बाद का भय, दूसरे प्रकार का। दोनों में तुलना नहीं की जा सकती दोनों एक शब्द होते हुए भी अलग-अलग भाव के साथ प्रकट होते हैं। अब देखें जब जीवन हम कुछ नहीं होते बिल्कुल धरातल पर होते हैं तो हमें एक अज्ञात भय रहता है। वह भय सबको होता है छात्र से युवा और नेता से अधिकारी तक। हम सोचते हैं हमारे अस्तित्व निर्वहन कैसे होगा। यदि हम जीवन में कुछ प्राप्त नहीं कर सके तो हमारे माता-पिता के सपनों का क्या होगा? यदि हम कुछ करके नहीं दिखा सके तो समाज में हमारे परिवार, कुल या खानदान का क्या होगा? हमारा विवाह संबंध इत्यादि कैसे स्थापित होगा यदि हम कुछ नहीं कर सके तो? इत्यादि-इत्यादि भयपूर्ण प्रश्न हमारे दिमाग में कौंधते रहते हैं। यही चिंता समाज के पेशेवर शिक्षण

संस्थाओं और व्यापारिक प्रतिष्ठानों को रहती है। यदि हमारे बच्चों के रैकिंग में गिरावट आ गया तो स्कूल कॉलेज के फायदे का बजट बिगड़ सकता है। व्यापारिक प्रतिष्ठानों को यह चिंता रहती है कि यदि हमारा उत्पाद बिगड़ गया तो लोग माल खरीदना बंद कर देंगे, फिर तो हमने अब तक जीवन में घाटा शब्द का दर्शन नहीं किया है लेकिन उसका दर्शन हो ही जायेगा। यहां के उदाहरणों में दो तरह के फर्क हैं एक तो अपनी अस्तित्व यात्रा के शून्य में भयभीत है कि मुझे ऊंचाई पर पहुंच ये करना है वो करना है। उसके भय का कारण अस्तित्व के अंजाम के लिए है। जबकि दूसरे उदाहरणों में जो मैंने संस्थानों का जिक्र किया उनका अस्तित्व पूर्व से ही निर्मित हैं लेकिन उनकी लड़ाई अस्तित्व रक्षा के लिए हैं। दोनों में यह मौलिक अंतर है?

हम अब इसके दूसरे पहल की तरफ ध्यान देंगे। पहले तो हम कुछ भी नहीं थे इसलिए भयभीत थे की कुछ बन के समाज को दिखाना है लेकिन जब कुछ हम बन जाते हैं? हमारे पास सबकुछ हो जाता है फिर उसके नष्ट होने का भय निर्मित हो जाता है। हमने ये प्राप्त कर लिया है? मैं इस पद पर बैठ गया हूं। मेरे पास इतना धन हो गया है। मेरा इतना बड़ा साम्राज्य खड़ा हो गया है। कहीं यह कुर्सी छूट ना जाये? कहीं ये वैभव नष्ट न हो जाये? हमारे समतुल्य कोई प्रतिस्पर्धा हमसे आगे तो नहीं निकल रहा? यदि आगे निकल रहा है तो उसे हम कुचलवा देते हैं। किसी की प्रतिभा से जल कर किसी को उजाड़ देना भय नहीं तो क्या है? यह तो ऐसा भय है जो जीवन की सारी संपत्ति प्राप्त होने के बाद भी आपके आस-पास फटक रहा है तो समझो तुम्हारा जीना धिक्कार है। कुछ नहीं होने की स्थिति में अस्तित्व का भय जायज नजर आता है लेकिन सब कुछ होने की स्थिति में भय बिल्कुल नाजायज

है। यह त्यागने योग्य वस्तु है क्योंकि मित्रों बिना इसे त्यागे हमें शांति की प्राप्ति नहीं होगी और जब हम भय में रहेंगे तो कोई अपराध करेंगे। कभी छल करेंगे, कभी षडयंत्र तो कभी किसी के मृत्यु की योजना बनायेंगे, फिर शांति कहां से? क्या कभी शराब ने शांति दी है वह शांति तो उसका मुखौटा है जो वह नशा के रूप में हमें देता है असली काम तो उसका प्राण लेना है जो पहले रोग के रूप में हमारे जीवन में प्रवेश करता है। उसके बाद कष्ट के रूप में प्रतिदिन हमें मृत्यु देता है और एक दिन असली मौत का टिकट कन्फर्म कर देता है? क्या हमने यह कभी सोचा की जिस ऊंचाई पर हम पहुंच चुके हैं यदि उससे कितना भी गिर जाये लेकिन उस स्थिति में नहीं पहुंच सकते जब हमारे पास खाने की रोटी नहीं रहने को छत नहीं तथा सुनने समझने वाला कोई इंसान नहीं था? फिर क्यों और किसके लिए भय? क्यों हाय पैसा, हाय रे मैं तो लूट गया।

यदि आप गहराई से मेरी बात समझ लेंगे तो आप शांति के मार्ग पर चल पड़ेंगे। यदि कुछ भी हमें आवश्यकता से अधिक परमात्मा के द्वारा दिया जा रहा है तो उसका उपयोग समाज के भय को दूर करने के लिए होना चाहिए ना की स्वयं भय के सागर में डूबने के लिए। संपत्ति प्राप्त होने के बाद कायर उसके बिखरने की चिंता करते हैं जबकि यशस्वी पुरुष उसको परमात्मा का प्रसाद समझ कर स्वयं के भोग के साथ-साथ समाज के उत्थान एवं दीनों की सहायता के लिए उसका उपयोग करते हैं? जब आप स्वयं चुन ले कि आप किस श्रेणी में हैं। हम जिस चीज के लिए तड़पते है तो उसकी प्राप्ति के बाद हमें उन लोगों की तड़प दूर करनी चाहिए जिन लोगों में हमें अपना अतीत नजर आता है। समाज सहयोग से चलता है ना तो आप किसी को भिखा दे रहे हैं और

ना ही कोई आपसे भिक्षा मांग रहा है। इस गलत फहमी को पहले दूर करें और अपने मानस-पटल में इसका प्रवेश भी नहीं होने दे अन्यथा अब तक तो आप गिरते तो खाने-पीने-सोने के लायक बच जाते लेकिन इस राक्षसी चिंतन के बाद कटोरा लेकर सड़क पर आने की नौबत आ जाएगी। सबके मूल में तथा इस सृष्टि को एक अज्ञात ऊर्जा रूपी सत्ता का संचालन प्राप्त हो रहा है। अतः उसके पास हमारे एक-एक पाप-पुण्य का बैलेंस होता है? आप ना माने, आपकी रजा लेकिन इस प्रमाण पत्र उस परमात्मा रूपी सत्ता का अस्तित्व नहीं मिट सकता। हां, यह जरूर है कि लोग कहते हैं बड़ा विलंब हो गया लेकिन पापी अमीर हो गया और पुण्यात्मा गरीब। यह लोग कहते हैं लेकिन इसका मतलब यह नहीं हुआ कि यह ही केवल सत्य है? हमारा अनुभव कुछ अलग कहता है? यह दीगर बात है कि ऐसी आम धारणा बन गई है। यह एक भ्रम पैदा किया गया है सत्य कुछ और है आप जानते हैं कि एक झूठ यदि सौ दफे बोला जाये तो वह सत्य हो जाता है बस यह जानबूझकर ऐसा लिख-लिख कर बोल-बोल कर जानबूझकर ऐसा किया गया है कि हम सत्य से दूर रहें लेकिन मुझे नहीं मालूम इस षड्यंत्र के पीछे कौन है लेकिन इतना जरूर है कि यदि इन्हें हमारा शह और सहयोग नहीं मिलता तो ऐसा कुप्रचार ये कभी नहीं कर पाते। क्योंकि आज इसी गलत धारणा की वजह से समाज का संतुलन बिगड़ रहा है। लोग गलत मार्ग को सफलता वाला और सही मार्ग को कष्ट वाला बना कर सामाजिक भूचाल को जन्म दे रहे हैं? जो की किसी भी देश और समाज के लिए कतई अच्छा संकेत नहीं। जब सत्य, परोपकार और जीवों के प्रति संवेदनाशीलता कम होगी तो स्वतः भ्रष्टाचार का जन्म होगा। जो की विश्व की जटिलतम समस्या के रूप में हम सभी के सामने मुंह पसारे खड़ा है। अब

देखो कई विद्वानों के द्वारा यह भी डंके के चोट पर कहा गया है कि स्वर्ग भी यही है और नरक भी यही है? इसका मतलब है कि इसके पीछे उनका कोई बड़ा अनुभव हो क्योंकि हमारी बातें तो देखा-देखी होती है लेकिन उनकी बातें धर्म, शास्त्र और अनुभव पर आधारित। अत: उनकी बातों को ज्यादा ठोस तरीके से लेने की आवश्यकता है क्योंकि उसमें प्रामाणिकता का स्तर काफी उच्च रहता है। हम जीवन में यदि सकारात्मक कार्य करते है तो फिर उस कार्य से निकली सकारात्मक ऊर्जा हजारगुनी हमको लौट प्राप्त होती है और उसी क्षण से यह कार्य प्रारंभ हो जाता है। हम नकारात्मक कार्य करते हैं कि तो उसी क्षण से निकली निगेटिव एनर्जी हजार गुणी होकर हम लौट कर मिलनी शुरू हो जाती है। इसकी एक अवधि होती है अत: यह उतना वक्त लेती है लेकिन कार्य तो यह करती रहती है अत: हम कहते हैं हमें कहां कुछ हो रहा है? जीवन में प्रत्येक कर्म का फलाफल हमें यही मिलता है और सौ फीसदी मिलती है। यह अनुभव का विषय आपको भी प्रत्यक्ष मिलेगा। प्रयास शुरू तो करो।

* पाप-पुण्य अर्थात सही कर्म और गलत कर्म। सकारात्मक ऊर्जा की आराधना सत्य का मार्ग है जबकि नकारात्मक ऊर्जा की साधना असत्य का मार्ग। दो मैं एक का चयन होना चाहिए। मध्य का कोई मार्ग नहीं।

* जीवन के सुख-दु:ख के कारण हमारे अतीत और वर्तमान में किये जा रहे कर्मों का आधार ही है। जैसी और जिस तरह की ऊर्जा हम दूसरों पर फेंकते हैं वह कई गुना बढ़कर हमें हिट करती है।

* आप जब पानी में केवल एक पत्थर मारते हैं तो कई छीटों के रूप में वह हमारे वस्त्र और बदन पर लौटता है। ऊर्जा का सिद्धांत इसी उदाहरण के आधार पर कार्य करता है।

– *शेषनारायण शास्त्री*

अध्याय-14

कमी स्वीकार करो

श्रेष्ठ लोगों में यह लक्षण होना चाहिए की वह अपनी कमी सुनने की आदत डाले। यह अद्‌भुत गुण है जिससे बहुत भारी लाभ होता है। कमी एक दुर्गुण है जिसे सुधारने की आवश्यकता होती है, कमी किसी भी प्रकार की हो सकती है लेकिन यदि इसे सुधारने के लिए एक सद्‌गुण विकसित करना होगा वह है कि आप कमी सुनने की आदत डालें। यह बहुत निर्णायक अभ्यास है जो आपकी किस्मत बदलने का माद्‌दा रखता है। यह आत्म-बल से विकसित होगा। यह एक ऐसी औषधि है यदि इसे हमने जीवन में पालना शुरू कर दिया तो एक दिन सफलता चरणों की दासी बनकर स्वयं चरण चुंबन करेगी आपको बस यह करना है कि आप केवल अपनी कमी सुनते जाये और उसमें सुधार करते जायें। ऐसे कर्मयोगी बने की सफलता आपसे मिलने के लिए बेकरार हो, आप नहीं। बस मात्र स्वयं को यही अभ्यास करना है वास्तव में कमी की परिभाषा बहुत विस्तृत है। यह न केवल हमारी कमी से संबंधित विषय है

बल्कि हो सकता है कि समाज में जो एक मछली ने गलती की हो उसके वजह से आपको भी संदेह का शिकार होना पड़ रहा हो। लोगों से यह नहीं समझे की आप सही है फिर भी आप सुनें क्योंकि समय बहुत बलवान होता है। यही समय व्यक्ति के जबान पर बैठ कर वाणी का कारक बनता है तथा मजबूरी बन कर सुनने को मजबूर करता है। कमी सुनना एक बहुत बहादुरी का काम है हो सकता है कि समाज रोष में या संदेह दृष्टि से जो कमी निकाले उसमें आपके लक्ष्य के लिए कोई बड़ा अनुभव का विषय निकल जाये। जो तत्काल आप उसे लागू करे और जिस कमी के कारण आपको सफलता ना मिल रही हो, वह आपको मिल जाये। अपना क्या जाता है? अरे मित्र ऊर्जा और शक्ति तो किसी और की जा रही है। हम तो चुप बैठे मजा ले रहे हैं। यदि कोई हमें नहीं पहचान पा रहा और हमसे कुछ सीखने के बजाय हमें ही कुछ दे रहा हे तो क्या दिक्कत? फायदा तो दोनों में है या तो उपदेश दे अथवा उपदेश ग्रहण करें लोग अक्सर सफलता से चूकते हैं अथवा उन्हें विलंब होता है उसके मूल में यही कारण है। मैंने अच्छे-अच्छे लोगों को देखा है कि बड़े विनम्र, इमानदार एवं साहसी होते हैं लेकिन एक साहस का उनमें अभाव रहता है वह है कमी को सुनने के साहस का। इसलिए भले ही आप उन्हें सफल माने लेकिन मैं उन्हें सफल नहीं मानता क्योंकि हमारे जीवन में अभी शुरूआत हुई है अभी हम सफल नहीं हुए। अतः हमें निरंतर कमी को सुधारने की आवश्यकता पड़ेगी। जबकि वे तो अच्छे जगह पर पहुंच चुके हैं अतः अब वह क्या और कैसा आचरण करते यह हमारे लिए कोई विषय नहीं। हमें हमारा विषय देखना है जिससे हम सफल हों। मैंने देखा की ये ईमानदार लोग ऐसे होते हुए भी यदि भरे समाज में कोई उन्हें उपदेश की बात कह दे अथवा बता दे तो उस समय वे अपनी ह्दय की सरलता भूल जाते हैं तथा येन-केन प्रकारेण

वह कुतर्क के द्वारा उस कमी को दबा देते हैं तथा उपदेश की हत्या कर देते हैं क्योंकि उन्हें लगता है कि यदि हमने भरी समाज में समुचित दबंगई नहीं दिखाई तो हमारा सम्मान नष्ट हो जाएगा। लोग हमारी प्रतिष्ठा के बारे में क्या सोचेंगे? इस प्रकार वह व्यक्ति अपराध कर्म के लिए प्रवृत्त होता है। परंतु वह इस तथ्य के दूसरे पहलू को समझने का प्रयास नहीं करता। वह यह है कि जो व्यक्ति अपनी वास्तविक कमी को भरे समाज में लोगों के सामने स्वीकार कर लेते हैं या जो इस विशेष प्रतिभा के धनी होते हैं वे उनका बहुत बड़ा बड़प्पन होता है तथा वे समाज में और कई गुणा ऊँची नजरों से देखे जाने लगते हैं। जिन लोगों के पास दूसरों के प्रतिभा को सहने की आदत होती है, जिन्हें ऐसे लोगों का सहयोग करने में आनंद और शांति की अनुभूति होती है, जिन लोगों में केवल अपनी बात ऊँची आवाज में रखने के साथ-साथ दूसरों की अधिकारपूर्ण ऊँची आवाज में बुलंद की गई बात सुनने का भी साहस होता है, वास्तव में समाज ऐसे ही लोगों को अपना नायक मानता है। उन्हें समाज सम्मान के साथ अपने दिल में बिठाकर रखता है। ये दिलों के धड़कन होते हैं।

आजकल बड़े-बड़े इंटरव्यू में इसी कमी को ब्रह्मास्त्र बनाया जा रहा है। अत: मेरे युवा मित्रों सावधान। यदि इंटरव्यू में लाख बेहतर प्रस्तुति के बाद भी यदि कोई आपकी कमी निकाले तो उन लोगों की चाल समझें। वे इसी रणनीतिक कूटनीति के सहारे आपको छेड़ने का प्रयास करेंगे ताकि आपके धैर्य एवं मानसिक सहनशक्ति की परीक्षा ली जाये। वे पहले तो सीधे-सीधे प्रश्नों को पूछेंगे। आप यदि योग्य हैं तो सभी प्रश्न का माकूल और सही उत्तर दे देंगे। जब बोर्ड को लगेगा की आप जानकारी के दृष्टिकोण से योग्य उम्मीदवार हैं तो इंटरव्यू बोर्ड बहुत देर तक शांत होकर आपकी

भाव-भंगिमा एवं उत्तर देने के तरीके में कोई कमजोर नस तलाश करने का प्रयास करेगा। सबसे अच्छा तो यह रहेगा कि जो मैं लिख कर बता रहा हूँ इसे आप पढ़ के जाये ताकि वह आपके अंदर कोई कमजोर बिन्दु की तलाश ही नही कर पाए। उसके बाद तो आप समझना की आपका काम बन गया लेकिन ऐसा उपदेश करना बड़ा सरल है लेकिन अच्छे-अच्छे लोगों के होश ठिकाने पर आ जाते है। अत: इसकी तैयारी ही कर लें तो ज्यादा अच्छा। रोग से परहेज अच्छा। आप ऐसा करें की जब आप से उल्टे और बेढंगे प्रश्न पूछे जाने लगे तो पहले तो आप अपने आप को गंभीर कर लें। बिल्कुल स्थिर और शांत और अपने स्वाभाविक रूप में बातें करें। आंखों की पलक स्थिर रखें प्रेमी-प्रेमिका की तरह पलकों को पक्षी के पंखों की तरह फड़फड़ायें नहीं। आंख का सीधा संबंध मन और बुद्धि से है जो तुरंत आपको चंचल बना सकता है। दूसरी बात सांस को लंबा ले और लंबा छोड़े तथा धीरे-धीरे संतुलित ध्वनि में थोड़ी तेज आवाज के साथ बात करें। तीसरी बात बातों के क्रम में लड़खड़ाये नहीं बल्कि अपनी भाषा के अधिकतम शुद्धता पर ध्यान हैं। इन दोनों चीजों से आप पर नर्वसमेस हावी नहीं होगा तथा आत्मबल बना रहेगा। चेहरे पर बीच बीच में मुस्कान लाये और उत्तर के क्रम में शब्दों के माध्यम से ऐसा दर्शायें की सामने वाले सभी विद्वान हैं तथा वे सभी मेरा सहयोग कर रहे हैं। यह एक मोहनी मंत्र है जिसमें सभी फंसते हैं। कोई 5 मिनट में, कोई 10 मिनट में तो कोई आधे घंटे में लेकिन फंसेगा जरूर लेकिन इसे पहले से थोड़ा सीखना होगा। जितनी बातें मैंने बतायी है उसमें यही एक विषय है जिसका अभ्यास थोड़ा ज्यादा करना पड़ेगा, उसके बाद आधा काम तो यही स्वयं कर डालती है बाकि तो अस्त्र-शस्त्र हैं ही आइए कुछ और बातों को जाने। आगे यह भी हो सकता है कि आप से ऐसे सवाल दागे जायें जो विषय से बिल्कुल बाहर

हो लेकिन ऐसा भी नहीं होता है कि आप इनका उत्तर नहीं दे पाये। एक बात तो जान लें की कोई भी इंटरव्यू यदि वैज्ञानिक के पद के लिए है तो वह ऐसा प्रश्न कभी ना करता है और करेगा की आप मरीज का ऑपरेशन कैसे करेंगे? जब इंटरव्यू होता है तो सारी चीज ऑन रिकार्ड होती है। सब के ऊपर कोई होता है। अतः यह जो समाज में हौत्वा है खासकर युवा छात्रों यथा विभिन्न बड़े पदों के लिए प्रयासरत प्रतिस्पर्धियों के बीच में यह एक सुनियोजित भ्रामक प्रचारतंत्र का हिस्सा है ताकि भीड़ थोड़ा छटे। ज्यादा भीड़ बढ़ने से लोगों को तनाव होता है। अब ये कौन लोगे होते है मुझे नहीं मालूम। संसार में सब कुछ आसान है अब तो एक अपाहिज भी एवरेस्ट की चोटी पर पहुंच गया है। उस नागरिक को सैल्यूट करते हुए स्वयं से पूछो फिर तुम क्या नहीं कर सकते हो? तो मैं बात कर रहा था की उनका जो बेठंगा प्रश्न होता है वह आपके निजी या व्यवहारिक, पारिवारिक जिंदगी से संबंधित हो सकता है। जैसे हो सकता है कोई पूछ डाले अभी फोन आ जाये की आपकी मां मर गयी तो आप क्या करोगे? जी कुछ इसी तरह का होता है। यहां यदि आप भावना मैं बह गये। चुप हो गये। दुःखी हो गये। क्रोधित हो गये। समझ लीजिए आप अब आउट हैं। और यदि हंस कर गंभीरता के साथ जो उचित लगे, उत्तर दे दिया तो बस ऑफिस गाड़ी, बंगला और बाडी गार्ड आपकी प्रतीक्षा कर रहा है।

- जीवन के किसी परीक्षा में सामने का प्रयास आपकी जानकारी के साथ-साथ कमजोरी को पकड़ना होता है। सफल वही होता है जो कम जानकारी के बावजूद अपनी कमी को छिपा लेता है।

- किसी साक्षात्कार में शामिल होने से पूर्व वैसा ही व्यवहार का अभ्यास करें जो स्वाभाविक रूप से आप दूसरों को प्रभाव में लेने के लिए करते हैं तथा अपेक्षा करें की

साक्षात्कार में शामिल सदस्यों का भी व्यवहार उसी तरह का होगा।

❋ जीवन में कठिनता और सरलता नाम की कोई चीज नहीं केवल सफलता और असफलता शब्द का अस्तित्व है। भ्रम के कारण कठिनता शब्द का जनम होता है तथा सत्य को समझ लेने के बाद फिर केवल सरलता ही दिखता है।

– *शेषनारायण शास्त्री*

अध्याय-15

KNOW YOURSELF

मैंने यह निर्णय लिया की अंतिम अध्याय में मैं अपने अनुभवों को साझा करूंगा क्योंकि लेखन के कार्य के साथ-साथ मेरा विषयवक्ता का भी है। मूल कार्य स्वरूप में मैं वाणी के साथि उद्‌बोधन दे आप सभी युवा-मित्रों के बीच सुख-दु:ख बांटने का कार्य करता हूं। इसके साथ-साथ जीवन के बालकाल से लेकर आज जीवन के 27वें वसंत में प्रवेश करने के बावजूद मेरी एक आदत रही है कि अपने से बड़ों का मार्गदर्शन तो सब लेते हैं परंतु मैं अपने से उम्र में छोटे लोगों का मार्गदर्शन प्राथमिकता के आधार पर पहले ले लेता हूं और जितना आपको लगता है कि मैं आपका मार्गदर्शन कर रहा हूं उतना मैं अहर्निश और बिना वक्त नष्ट किये आपके मार्गदर्शन के साथ रहना चाहता हूं। आज विचारों का प्रवाह एवं इसे समझ करने का परम ध्येय और लक्ष्य प्रत्येक के लिए इस भागदौर भरी तनावयुक्त जीवन में शांति तथा उत्साह को प्राप्त करना है? यह कार्य आज दुर्लभ इसी लिए हो गया की हम इसकी दवा की खोज तो निरंतर करते रहे लेकिन दुर्भाग्य से गलत दवा और

चिकित्सक के पास हम पहुंच गये। जिसका परिणाम प्रत्यक्ष हमारे सामने शराब, सिगरेट और ड्रग्स के रूप में सामने हैं। ये चीजें थोड़ी देर के लिए नशा देती हैं जिसे हम शांति और आनंद समझ बैठते हैं? जिसका परिणाम वह सबकुछ होता है जो एक हंसते खेलते परिवार को उजाड़ने के लिए काफी है। यहीं हमारा चयन गलत साबित हो सकता है और सौ फीसदी होता ही है। आज विश्व के अधिकतर देश इस भयानक दैत्य से मुक्ति हेतु संघर्षरत है। हमारा देश भी आज इस भयानक समस्या से ग्रसित है। अतः हमारे जैसे आपके ही बीच के किसी युवा क्षेत्र को कलम और विचारों की घुट्टी पिलाने के लिए आगे आना पड़ता है। यह जरूरी है कि हम इस भयानक रोग को भगायें।

वास्तव में तनाव और आनंद की दवा केवल स्वस्थ्य वातावरण है और कुछ नहीं। यह स्वस्थ्य वातावरण क्या है? यह स्वस्थ्य वातावरण है तनाव के कारण को खोजना तथा आनंद की वापसी। हमारे जीवन में जब इन दोनों चीजों का अभाव हो जाये तो ऐसे व्यक्ति के पास जाओं जो चारों तरफ से संकट के जाल में कैद है लेकिन वह अपने पेशे में सामान्य से भी अधिक प्रसन्न है तथा तनाव के समाज में जीने के बाद भी उसके चेहरे पर एक आनंद रूपी अलग चमक है। यह चमक वाईट साबुन की चमक से बिल्कुल अलग होती है तथा यह चमक भले ही तुम्हें कृत्रिक सुगंध नहीं दे लेकिन दूर से ही प्राकृतिक चमक की अनुभूति करा देगा। ऐसे लोगों के पास ही जाओ जिनके पास जाकर तुम्हारे मुँह से सहसा निकल पड़े, अरे! यार तुम कैसे जी पा रहे हो? तुम कैसे झेल पा रहे हो? तुम कैसे अपने आप को संभाल पा रहे हो? ये हमारे ही बीच के होते है लेकिन हमारे और इनके बीच बहुत बड़ा फर्क

होता है। हम सिगरेट शराब और शबाब में शांति और आनंद रूपी खुदा को खोजते फिरते हैं जबकि ये लोग तुमसे अलग और विशेष इसीलिए है क्योंकि इन लोगों ने अपने धैर्य और आत्मविश्वास इन दो महाशक्तियों को अभ्यास से जगा कर सिद्ध कर लिया है। अतः इनके पास जो आनन्द, शांति और संतोष है वह बिल्कुल आत्मा की तरह स्थायी है। तुम्हारे शराब, शबाब और कबाब जैसी क्षणिक और थोड़ी देर के बाद नष्ट हो जाने वाली नहीं। ऐसे लोग जानते हैं–"दिल में बसी है, तस्वीर यार की नजरे झुकाया देख लिया।" जिस चीज के लिए, जिस नर के लिए, जिस मासका के लिए हम बाहर मारे मारे फिर रहे है वह तो पैदा होने के साथ ही हमारे अंदर सदियों से बैठी है। इसीलिए हमारे तलाश अधूरी रह जाती है। बस हमें यही और केवल यही जानना है अब मित्रों मैं उसी विषय पर आ रहा हूँ जो मेरा बैनर है। जिस पेड़ की छाये में बैठ कर आप लोगों ने कुछ ग्रहण किया है तथा उर्जा के सिद्धांत की तरह कई गुणा बढ़ाकर, शोधित और परिष्कृत करके आपको पुनः लौटा देता हूँ। उसे वृक्ष का नाम KNOW YOURSELF (नो योर शेल्फ) है। इसका हिन्दी में हम सभी को अर्थ प्रायः मालूम होगा अर्थात–"स्वयं को जानो"। यह व्यक्ति का मूलभूत अधिकार है जिसे किसी हालत में छोड़ना नहीं चाहिए। जब मैंने अपने संपूर्ण दर्शन का नाम KNOW YOUR SELF रखा तो अवश्य ही मेरे जीवन में भी कुछ प्रिय-अप्रिय ऐसे अनुभव हुए होंगे जो मुझे केवल यही दो शब्द चयन के लिए बाध्य किया। जो व्यक्ति स्वयं को नहीं जानता वह दूसरों को इस विषय में 1% मार्गदर्शन नहीं कर सकता। ना ही कोई आयातित (Imported) माल के सहारे ऊर्जा का आदान-प्रदान किया जा सकता है। लोग कहते है शायद महान लोगों का आना अब इस धरा पर बंद हो गया है। जो दिखते हैं उनकी भी

पोल कोई ना कोई खोल ही देता है। दिक्कत क्या है कि धरातल पर लोगों का अभाव नहीं बल्कि हमारी दृष्टि दूषित हो गयी है। हमारी आवश्यकता जहाँ तक होती है हमारा संबंध वहीं तक सीमित है लेकिन यह हम नहीं सोचते की प्रत्येक व्यक्ति जन्म से ही आवश्यकता से बंधा है बच्चों के गर्भ में आने से पूर्व मां के स्तनों में दूध भर आता है। प्रत्येक व्यक्ति जन्म से ही महान एवं विशिष्ट होता है लेकिन जब व्यक्ति नंगा होने के बाद तन को ढ़कता है तो वह कपड़ा ही उसके लिए सबकुछ हो जाता है, वह उसी में खो जाता है, उसे लगता है सत्य वस्त्र है। जबकि वह नन्हा बदन जो नंगा आता है तथा जिसमें परमात्मा अपनी आत्मा रूपी अंश भी भेजता है। उसे भूल जाता है।

हमारे अंदर कुछ ना कुछ विशेष अवश्य होता है। बस आवश्यकता इस बात की होती है कि समय पर और जगह पर हम उसकी पहचान कर लें। वास्तव में यही दोनों हम नहीं कर पाते अत: जीवन भर हमें असंतोष एवं समझौते के साथ जीवन का निर्वाह करना पड़ जाता है। जो की आगे चलकर तनाव, अवसाद, अशांति एवं एक अज्ञात भय को पैदा करता है। अत: हम इन सब चीजों से बचे इसके लिए आवश्यकता इस बात की है कि हमें हमेशा इस चीज के खोज में लगे रहे की मेरे अंदर खास क्या है? इसका निरंतर अभ्यास करेंगे तो आपको स्वयं की खासियत से मुलाकात हो जाएगी। उसके बाद यदि दो-चार खासियत एक साथ दिखें तो सतर्कता से मार्ग का चयन करें क्योंकि यहाँ पर भटकाव की संभावना बढ़ जाती है और आप अति-आत्मा विश्वास के शिकार हो सकते हैं। यदि ऐसी स्थिति आये तो आप यह देखें की इन सब में सबसे अच्छा प्रदर्शन और अपनी ऊर्जा, कल्पना चिंतन और प्रतिभा का

सौ फीसदी आप किसमें दे सकते हैं। इसमें थोड़ा वक्त लें। घबड़ाये नहीं। दो पैसे कमाने के चक्कर में अपने अंदर छिपे महापुरुष से समझौता नहीं करें। देर आये दुरूस्त आयें, आपने सुना होगा। वास्तव में पैसे की लत इतनी बुरी लत है इसके बाद व्यक्ति स्वयं के वास्तविकता के विषय में आलसी और समझौतावादी हो जाता है। और जब इन दो दुर्गुण से आपका सामना हो गया तो निश्चित आप अपने को कभी पहचान नहीं पायेंगे। अत: इसीलिए जीवन में महान पुरुषों ने धैर्य एवं प्रतीक्षा का उपदेश दिया। इससे व्यक्ति को पर्याप्त समय मिल जाता है स्वयं का अनुसंधान करने के लिए। तथा योग्यता तथा परिपक्वता भी आती है जो सफलता के लिए आवश्यकता दो अहंती हैं। इसीलिए मित्रों मेरा बैनर रूपी वृक्ष KNOW YOURSELF यही कहता है कि जिसमें तुम सबसे बढ़िया कर सकते हो वही कार्य करो। औरा स्वयं की कमी या स्वयं का गुण अक्सर पता नहीं चलता अत: इसके लिए अपने परिवार, गुरू तथा हितैषियों से निष्पक्ष सहयोग लो और मार्गदर्शन प्राप्त करो।

- स्वयं को जानना एक अभ्यास है। जिसे प्रत्येक व्यक्ति को करना चाहिए। खासकर विधालयों एवं महाविद्यालयों में छात्रों को इस पर चिंतन और अपने अंदर विशेष की खोज के लिए प्रेरित करना चाहिए।
- जो व्यक्ति जीवन में दो शब्द KNOW और YOURSELF अर्थात KNOW YOUR SELF पर काम करके स्वयं के अंदर छिपे वास्तविक अभियंता, वैज्ञानिक, वक्ता, लेखक, नेता इत्यादि का चयन कर लेता है। उसके बाद उसे संसाधन की जरूरत पड़ेंगी, किसी बैसाखी की नहीं।

✵ जीवन में अपाहिज होते हुए भी अपाहिज मत बनना। केवल स्वयं को जानने का सतत् अभ्यास करना। तुम्हें बहुत जल्द उत्तर मिलेगा। इसके बाद दायें-बायें मत देखना बस लग जाना। ये सामने के लोग बड़े खतरनाक हैं लेकिन चिंता मत करना एक दिन ये सारे तुम्हारे पास बैसाखी मांगने आयेंगे। निश्चित है।

– *शेषनारायण शास्त्री*